金麦田

金麦田习惯养成精品阅读

专心才能干大事

专注习惯

［韩］儿童文学研究会　著

［韩］朴钟衍　绘

李吉芳　译

时代出版传媒股份有限公司

安徽少年儿童出版社

著作权登记号：皖登字12151570号

图书在版编目（CIP）数据

专心才能干大事·专注习惯 / [韩]儿童文学研究会著；[韩]朴钟衍绘；
李吉芳译.—合肥：安徽少年儿童出版社，2016.2（2017.1重印）
（金麦田习惯养成精品阅读）
ISBN 978-7-5397-8309-3

Ⅰ.①专…　Ⅱ.①儿…②朴…③李…　Ⅲ.①儿童文学—图画故事—韩国—现代
Ⅳ.①I312.685

中国版本图书馆CIP数据核字（2015）第311488号

JINMAITIAN XIGUAN YANGCHENG JINGPIN YUEDU
金麦田习惯养成精品阅读　　　　　　　　　　　　　　[韩]儿童文学研究会 / 著
ZHUANXIN CAINENG GAN DASHI ZHUANZHU XIGUAN　　　　[韩]朴钟衍 / 绘
专心才能干大事·专注习惯　　　　　　　　　　　　　　　李吉芳 / 译

出 版 人：张克文　　　　　策　　划：白利峰　　　　　责任编辑：陆莉莉
责任校对：张姗姗　　　　　特约编辑：宣慧敏　沈　睿　　责任印制：田　航
出版发行：时代出版传媒股份有限公司　http://www.press-mart.com
　　　　　安徽少年儿童出版社　E—mail：ahse1984@163.com
　　　　　新浪官方微博：http://weibo.com/ahsecbs
　　　　　腾讯官方微博：http://t.qq.com/anhuishaonianer（QQ：2202426653）
　　　　　（安徽省合肥市翡翠路1118号出版传媒广场　　邮政编码：230071）
　　　　　市场营销部电话：（0551）63533532（办公室）　　63533524（传真）
　　　　　（如发现印装质量问题，影响阅读，请与本社市场营销部联系调换）
印　　制：安徽新华印刷股份有限公司
开　　本：635mm×900mm　　1/16　　　印张：10　　　　　字数：70千字
版　　次：2016年2月第1版　　2017年1月第3次印刷
ISBN 978-7-5397-8309-3　　　　　　　　　　　　　　定价：16.00元

关于韩国儿童文学研究会

有一群读童话、爱童话的大人们时常聚在一起讨论童话，研究童话对孩子的教育意义。渐渐地，他们深感秉持科学教育理念、自主开发童话的必要性和紧迫性。虽然这群人的社会身份各不相同，有家长、儿童文学作家、出版社编辑等，但他们都有一个共同的目标——为孩子们写童话，因此，他们成立了韩国儿童文学研究会。

良好的习惯不是一两天就能养成的，更不是与生俱来的。习惯又被称为"第二天性"，即使是心智成熟的成年人，也很难改掉养成已久的习惯。成功的人在小时候就会为自己定下规则，并且付诸行动，长期坚持。所以，即使时间流逝，待他长大成人，这些好习惯也不会轻易丢失。

韩国儿童文学研究会为了帮助孩子们塑造健全的人格，实现美好的未来，组织作家创作了一系列旨在培养儿童良好习惯的故事书，内容包括阅读习惯、学习习惯、沟通习惯、专注习惯、时间管理习惯、写作习惯等。每个故事的创作灵感都源于孩子们的现实生活，因此孩子们或多或少会从故事里的主人公身上看到自己的影子，并能有所感悟。希望孩子们能从中汲取力量，勇敢地改正自己的缺点，做一个智慧的人、健康的人。

专心才能高效地使用时间

韩国儿童文学研究会

　　亲爱的小朋友们，如果你们在做作业或是读书的时候，心思被其他事物吸引，是不是很容易分散注意力呢？一般这时爸爸妈妈会提醒你们："集中注意力！"因为，如果做作业时被其他新奇的事物吸引，你们就不能按时完成作业，学习效率也会下降。这种情况如果反复发生，学习成绩就会受到影响。所以，你们需要一种能够集中精力、不浪费时间、将作业做到最后的力量。这种力量被称为"专注力"。

　　只有拥有了专注力，才能在对自己所做的事情感兴趣的基础上一点一点地去实现梦想。我们尊敬的许多伟人有一个共同点，就是都具有超强的专注力。能够全神贯注地做自己喜欢的事，是一点一滴地迈向成功过程中需要走的关键一步。首先，要想好自己喜欢做并能做好的事是什么，以此确定自己的梦想；其次，需要对梦想进行规划。不过这其中最重要的是，需要有好心情。心情愉悦的时候，更能全身心地去做某一件事。所以，小朋友们要在心情好的时候，充分集中注意力，为了梦想而奋斗。

不是只有坐在书桌前时，才需要专注力。无论是学习还是读书、画画、唱歌、写作、遐想、拍照等都需要专注力。所以，集中注意力后才能高效利用时间，才能一点点接近梦想。除此之外，小朋友们还要好好想想，自己喜欢做的事情有哪些。持久而稳定的专注力和意志力建立在兴趣的基础上。

|目 录|

足球少女与模范生班长

带球前进的雅莉铆足了劲儿，一脚射门，却被银宇一下子扑住了。

女同学们看到银宇扑到球，欢呼起来。

"听说你是从首尔来的？"

丁零零，下课铃声响了。像是等待这一刻似的，同学们一窝蜂地涌到了兴振旁边，全都好奇地望着兴振。

"嗯，对啊。"兴振对于大家的关注感到很有压力，含糊地回答道。

"首尔的学生漂亮吗？你们学校现在都流行什么啊？对了，你们学校伙食怎么样，好吃吗？"

皮肤像黑豆一样黝黑的雅莉，叽叽喳喳地问个不停。

"应该和这里差不多。"

"哎，你说话怎么吞吞吐吐的啊？"

"对不起……因为你总是一次问很多问题。"

雅莉蹙着眉头，有些不满意兴振的回答。

"首尔的学生学习成绩都好吗？"班长银宇插了一句。

"应该是吧。"

兴振仍旧含糊地回答着。这时，坐在前面的雅莉忍不住发火了。

"是就是，不是就不是，你怎么说话模棱两可的？"

听到雅莉的话，其他同学也同意地点了点头。大家渐渐对兴振失去了兴趣，一个个散开了。兴振这才松了口气。因为紧张，他从早上开始就一直竖直的脖子和紧绷的肩膀现在有点儿痛。

"要是你有什么不明白的，就来问我吧。"

银宇拍了拍兴振的肩膀。兴振点了点头。

"下一节课是体育课，咱们得换上运动鞋去操场上课。"银宇笑着对兴振说道。随后与他一起走向了操场。

在炙热的阳光下，蟋蟀发出恼人的叫声。兴振环顾四周，初次见面的老师与同学让他感到有点儿不自在。他低着头开始咬起了指甲。

"今天天气这么好，大家自由活动吧！"老师对站成一排的同学们说道。

听到老师说可以自由活动，同学们欢呼着各自结伴玩去了。尴尬的是没有任何人跟兴振结伴，因为大家都跟他不熟。

就在兴振观察大家脸色时，将足球揽在腰边的雅莉喊了一嗓子："咱们去踢球吧！"

同学们慢慢聚到了雅莉身边。兴振不喜欢运动，转身走向操场边的台阶，一边坐下去一边用手扇着风。

"嘣"的一声，足球飞上了天。下落时，雅莉轻松地用头接到球，然后带球跑向了球门。

"进一球吧！崔雅莉！"

女同学们正忙着在操场边为雅莉加油打气。兴振看着连男同学们都挡不住的雅莉，禁不住发出赞叹："哇，足球少女啊，运动神经真是太好了！"

带球前进的雅莉铆足了劲儿，一脚射门，却被银宇一下子扑住了。女同学们看到银宇扑到球，欢呼起来："不愧是银宇啊！"

雅莉遗憾地用鞋子碾着草坪，看着银宇。兴振越发觉得踢足球没有意思。他边抖着腿边环顾四周，可除了同学们的鞋带之外什么都没看到，于是噘着嘴用脚在地上画起画来。

正当他快要对画画也感到厌烦时，下课铃声响了。同学们边擦着额头上的汗，边往教室走去。兴振也跟着他们慢慢走向了教室。

闹哄哄的教室里只有兴振像是透明人一样，没有同学理他。兴振用手支着下巴，坐在窗边最后一排。原本就没什么事情可做，加上连同桌都没有，他心里很不好受，现在只期盼着下一次调座位快点儿到来。

感到无聊的兴振偷偷地望着银宇的座位。之前银宇对兴振说过，有什么不明白的事情可以问他，但此时银宇却不在座位上。兴振气不打一处来，叹了一口气，鼓着腮帮子，故意弄得很大声地将课本从课桌里翻了出来。

"真没意思。"兴振机械地翻起了书。

"我回来了！"

兴振在学校一直很孤单，回到家后也顾不上和高兴地迎出来的奶奶打招呼，就急忙进入卧室找妈妈了。妈妈正在卧室里对着镜子梳妆打扮。

"呀，兴振回来啦！新学校怎么样啊？"妈妈透过镜子看到兴振突然把脸别了过去，就问道。

"我们回原来的地方吧。"兴振嘟囔着一屁股坐在了地上。

"这是什么话？"妈妈根本没在意兴振的话，正忙着为出门做准备。她涂完口红整理完衣服后，才回头看了兴振一眼。

"我要回首尔的学校。"兴振边抹鼻子边缠着妈妈，妈妈为难地叹了口气。

"昨天不是还因为可以交到新朋友而高兴吗？"

"我哪有？我不管，我没有说过！妈妈，咱们快点儿回去吧！"

妈妈将兴振拉过来抱在怀里，像安慰小孩子一样轻轻拍了拍兴振的屁股。

"等爸爸回来以后咱们就回去，好吧？"

"真的吗？"

"还记不记得爸爸说过，等他从美国回来，会给你买你最喜欢的游戏机？跟妈妈一起再等等好吗？拉钩！"

兴振边哭着鼻子边将小指头伸了出来。妈妈与兴振拉钩，又亲了亲他的脸颊，满是愧疚地起身了。

"奶奶给兴振买了很多好吃的，兴振边吃东西边做功课吧，妈妈一会儿就回来。"

"好。"兴振朝妈妈挥了挥手。

"奶奶，我饿了。"妈妈刚走，兴振就跑过去抱住了奶奶，奶奶轻轻地摸了摸兴振的脸。

"知道了，宝贝孙子。快去把书包放好，洗洗手吃饭吧。"

"嗯。"兴振说完便跑去洗手了。奶奶准备了满满一桌子兴振喜欢吃的菜。

"我要开动了！"兴振舀了满满一勺饭放到了嘴里。

"奶奶，我想看电视。"兴振嘴里嚼着饭，向奶奶提出了请求。

"等吃完饭再看电视吧。"

"不要，我要现在看嘛！"

电视里正演着兴振喜欢看的动画片，他马上就被动画片吸引了，连饭粒掉到桌子上都没有察觉到。

"兴振，快点儿吃饭啊。"奶奶看不下去了，将掉在桌上的饭粒一粒一粒捡了起来。听到奶奶的话，兴振将勺子拿到了嘴边，但注意力依然在动画片上，嘴巴只是象征性地嚼了几下。

"我们兴振在学校交到新朋友了吗？"

奶奶的话兴振一点儿都没听进去，因为动画片正演到兴振喜欢的主人公用惊人的推理能力锁定嫌犯的场面。

"今天在学校都学什么了啊？"奶奶将菜夹给兴振时又问道。兴振依旧没什么反应，奶奶只好摇了摇兴振的肩膀。

"哎呀，我也不知道。"

兴振回头看了一眼奶奶，心不在焉地敷衍道。对他来说现在看动画片更重要，为了看动画片，他一直忍着没去上厕所。过了一会儿，兴振看到奶奶准备去洗碗，便从椅子上起身往电视机前靠了靠。

"等会儿看完动画片，一定要把饭吃完哟。"

兴振仍然是心不在焉地点了点头。

"去过洗手间再回来，动画片应该就结束了吧？"

犹豫了一会儿，兴振跑向了洗手间。虽然他很快就回来了，但动画片还是结束了。

"啊，好可惜啊！"

"动画片结束了，咱们继续吃饭吧。"奶奶为了安慰兴振，柔声说道。

"我现在已经不饿了。"

奶奶皱了皱眉头。兴振想了想，从卧室里找出数学课本，说道："老师今天留作业了，我要开始写作业了。"

奶奶说不过兴振，只好将剩下的大半碗饭收起来了。兴振趴在地上，翻开了数学课本。

"把电视关了吧，看电视还能集中精神做题吗？"

"能啊，我更喜欢开着电视学习。"

兴振开始边听着电视的声音边做起数学题来。过了一会儿，他看到奶奶洗完碗进卧室了，便肆无忌惮地看起了电视。

他刚看了没一会儿，便传来开门的声音。妈妈走到趴着的兴振旁边，问道："我们兴振有没有好好听奶奶的话啊？"

兴振看都没看妈妈一眼，只是点了点头。妈妈随即摸了摸兴振的头。

"也许是因为兴振很乖很听话，妈妈今天才这么顺利哟。"妈妈看起来很高兴的样子。

"嗯。"

兴振正在数学课本上乱画，妈妈哼着歌起身走了。这时电话铃响了，兴振本想去接电话，却被妈妈抢先了一步。

"兴振在这里很好，会马上适应的。"

兴振起身走向妈妈，问道："是爸爸吧？换我接电话。"

妈妈笑着将听筒递给了兴振。

"是兴振吗？"兴振将听筒紧紧地贴在了耳边。听筒里传来了他一直想念的爸爸的声音，透着满满的思念。

"嗯。爸爸，你什么时候回来啊？"兴振太想爸爸了，带着哭腔问道。爸爸好像知道兴振的心思，用比刚才更温柔的语气回答着兴振。

"爸爸再过几天就回去了。兴振要好好听妈妈和奶奶的话，知道了吗？"

"嗯。爸爸，我想你了，你快回来吧。"兴振一个劲儿地抽着鼻子。

"好，爸爸知道了。兴振换给妈妈听电话吧。"

兴振将听筒递给妈妈后进了自己的房间。他坐在床上，眨着眼睛，想着爸爸的样子，爸爸模糊的样子和清晰的样子在他脑海中来回交替着闪现。

"爸爸快点儿回来就好了，这样就可以重新回到首尔的学校，跟以前的朋友一起玩了。"兴振想。

兴振将两只手合在一起，闭上眼睛祈祷今晚可以做一个与爸爸一起快乐玩耍的梦。

周日早上，兴振被刺眼的阳光弄醒了。他揉着眼睛起床后，发现妈妈不见了，便跑到厨房问奶奶。

"奶奶，妈妈去哪儿了啊？"

"去上班了。"

"可今天是周日啊。"兴振不满地鼓了鼓腮帮子。

"妈妈很快就回来了。"

奶奶捏了捏兴振的脸。兴振撇着嘴点了点头，一屁股坐在了奶奶身边。他抬头看了一眼挂钟，挂钟显示现在是上午九点钟。兴振躺在地板上打了个滚，望了一眼奶奶正在看的电视节目。电视里正播着一对父子登山的画面。兴振在爸爸去美国前也经常跟爸爸一起登山，当时他只觉得一大早就叫醒自己去登山的爸爸好烦人……可是现在看到电视上的父子一起登山，他心里又觉得不好受。他想，如果能快点儿和爸爸在一起就好了。

"奶奶，咱们去登山吧！"兴振猛地跳起来说。

"奶奶太累了，登不了山了。"

"可是我想登山啊，奶奶。"

兴振嘟囔着，虽然他也知道奶奶因为腿疼不能长时间走路。

"还是跟奶奶在家玩吧，好吗？"奶奶摸了摸兴振的头。

"我不要，就算一个人我也要去登山！"

奶奶不能和兴振一起去登山心里也不好受。这时，兴振猛地打开门，回头看了一眼奶奶。

"奶奶，我去山下公园逛逛，马上回来。"兴振没等奶奶回答就走了。

但是要去登山首先要知道怎么走。兴振顿时迷茫了，因为他还从来没有独自在家附近逛过呢。兴振隐约记得之前跟妈妈走过的路，他决定先沿着这条路走一走。兴振先来到了学校附近的文具店，平时有很多孩子为了玩游戏，一直在这儿排队。

"问问他们应该就知道怎么上山了。"

兴振朝着文具店跑去。和预想的一样，文具店前有很多小孩子。可能因为是周末，来这儿的孩子比平时多了很多。兴振悄悄地靠向了这些孩子们，这时，站在兴振旁边一个戴眼镜的男孩有些不耐烦地对他说道："喂，你给我好好排队去！"

兴振被男孩怒视的眼神吓了一跳，原本他没打算玩游戏，现在却慢吞吞地排在了男孩的身后。兴振来回扫视了一圈，也没找到可以问路的人。他伸着脖子看了一眼游戏机，便偷偷地从队伍中跑出来了。兴振感到很失望，正准备走，这时他看到了一位穿着运动

15

服、背着一个大登山背包的叔叔。兴振高兴地跑向了这位叔叔。

“叔叔是去登山的吧？”兴振拽了拽叔叔的衣角。

“是啊，怎么啦？”叔叔回过头看了看兴振。

“您能告诉我登山的路吗？”

“你要去登山啊？”

“嗯。”

听到兴振的回答，叔叔有点疑惑。

“你一个人吗？爸爸妈妈呢？”

兴振听了有些闷闷不乐。

“等我爸爸从美国回来后会和我一起来登山的，所以我想先来了解一下。”兴振噘着嘴说道。

“这样啊……就在这附近啊。如果是你一个人，到山下公园玩就好了哟。”叔叔摸了摸兴振的头。

“好。”

兴振跟着叔叔走的方向走着。走了一会儿，他在山脚下发现了一个环境很好的公园。不知道为什么，今天兴振没怎么走就已经累得上气不接下气，速度也越来越慢。而且前面叔叔走路的步伐很大，所以他跟叔叔的距离也变得越来越远了。

"以前跟爸爸登山的时候一点儿都不累的。"

兴振觉得今天特别累，停下脚步擦了擦额头上的汗。

"早知道这样，就应该听奶奶的话待在家里。"

兴振找了个地方坐下来休息，忽然，他听到山上传来了欢声笑语。兴振好奇地起身开始往山上走，走了一会儿，发现前面有个地方可以接泉水喝。有很多人来这儿喝泉水，还有一些人正在做运动。他在这儿玩了一会儿，也去接了点儿泉水来解渴。这时，兴振突然看到了熟人，原来是班长银宇。银宇正在做仰卧起坐，累得汗流浃背。兴振看到银宇，正想上前打招呼，一位阿姨却突然插到了兴振前面。

"银宇啊，做完运动咱们就回家吧，爸爸也该回家了。"

"知道了。"

"回家前咱们再去喝点儿泉水。"

17

　　银宇随即起身跟着妈妈走了。兴振傻傻地躲在树后，看着越走越远的银宇，嗷了嗷嘴转过身往回走。看着与妈妈一起有说有笑的银宇，再想想自己，兴振觉得自己实在是太可怜了。

　　"快点儿回来吧，爸爸。"兴振越来越想爸爸。

　　眼泪在兴振的眼眶中打着转。他不想让银宇看到自己哭，便头也不回地向家的方向跑去。

星期一早上，兴振一点儿都不想去上学。

"我不想上学！"

听到兴振的话，妈妈和奶奶不知所措地互相看了一眼。妈妈感到很疲惫，不想再去哄兴振了。

"兴振，如果爸爸知道你总是这样，心里会好受吗？"

听到妈妈的话，兴振用力地摇了摇头。

"只要兴振好好上学，爸爸会尽早回来的。"妈妈耐心地劝着兴振。

"真的吗？"兴振的眼泪在眼眶里打着转，妈妈替他擦掉眼泪，点了点头。

"没想到我们兴振这么容易哭。给你钱，回家的时候买冰激凌吃吧。"

妈妈往兴振手里塞了一张五元纸币。兴振抽着鼻子将钱塞进了口袋。

到了学校，兴振环顾四周，教室里跟他第一天来时一样，闹哄哄的。第一节课的铃声响了，同学们纷纷回到了自己的座位上。老师走进教室，看了一圈，没人缺席，于是放下了手中的教科书说道："上课前

19

咱们先考一下上周学的内容，没什么问题吧？"

"啊——"同学们纷纷喊道。

老师没理睬大家，将考试卷发了下去。兴振看了一眼试卷，觉得题目都不是很难。

"大家安静！都快点儿开始答题吧。"

教室霎时安静了下来，兴振也拿起笔开始答题。但是周围过于安静了，只听得到沙沙的写字声。兴振感到很压抑，他随手打开了窗户，窗外吹进了一股凉爽的风。

"太吵了，快点儿关上窗户！"

雅莉瞪着兴振，等到兴振把窗户关上，雅莉才将头转过去。

"哼，你又不是老师。"兴振看着雅莉的背影撇了撇嘴。

"大家集中精神答题，兴振都做完了吗？"看到兴振一直静不下心做题，老师抬起头问道。

听到老师的话，兴振立即低下头假装做题，可奇怪的是，他的注意力怎么也集中不起来，平时他就很难适应这种安静的环境。

"老师！"兴振举起手，大声地喊道。他的声音在安静的教室里显得很突兀。

"怎么了？"

"老师，我想去洗手间。"

听到兴振的话，几个同学偷偷地笑了起来。老师微微皱了皱眉头。

"现在正在考试呢，应该在刚才休息的时候去洗手间啊。"

"可是刚才休息时，我一点儿都不想去洗手间。"

听到兴振的回答，老师叹了口气说："知道了。不要打扰到其他同学。"

"是。"兴振从座位上站了起来，"吱呀"一声推凳子的声音在教室里显得格外刺耳。正在答题的同学们皱着眉头向兴振看过去，兴振不好意思地低下头，悄悄地走出了教室。

等兴振回到教室时，考试卷已经收上去了。雅莉回头瞪了一眼兴振。

"你以后再在考试的时候这样闹哄哄的，等着瞧！"雅莉攥着拳头说道。

兴振有点儿害怕，连忙点了点头。等雅莉转身离开，兴振看着雅莉的背影撇了撇嘴，偷偷地在雅莉头上比画了两下。

"哼，要你管！"

接下来，兴振用了整整一节课，画了一张雅莉生气时可怕的脸。

注意力难以集中的原因和解决方法

第一，没有兴趣。做自己不喜欢的事情时会很难集中精神。如果一定要做自己不喜欢的事情，那就需要将时间和一次需要完成的任务定好，不要一开始就贪心地想要一口气做完。在短时间内完成少量的事情会使你慢慢恢复信心。

第二，不安或有压力。如果心里不安的话，就会很难集中精神读书。碰到这种情况，要先弄清楚不安的原因是什么，才能找到解决方法。可以向父母、老师、朋友寻求帮助，将思绪理清后再重新开始学习。

第三，杂念太多。学习时最重要的是不要有太多杂念。如果一学习脑海中就会闪现出很多想法也别慌，可以把这些想法一一写在本子上，然后把想法出现的原因和处理方法也写下来。这样做可以将脑海中的杂念排除出去。

第四，不知道如何培养集中精神的习惯。这时，可以查阅资料，寻找一些能够帮自己提高专注力的方法，每天反复地练习。还可以培养一些例如下棋、书法等可以让心思沉静下来的爱好。拼图、读书、写作等可以一个人完成的活动也是很好的选择。

雅莉的零分卷子

我都是先决定好想做的事情，然后跟妈妈说我想这么做的理由，
这样我就会觉得这件事非做不可了。

"同学们，一会儿老师会把昨天考试的卷子发下去。"

老师在晨读时间将卷子发下去了。雅莉拿到卷子后闷闷不乐。昨天做题时有很多题都不会，加上兴振还总制造出烦人的动静，让人没办法集中精神答题，所以她一道题都没答对。雅莉又看了一眼试卷，转而回头瞪了兴振一眼。兴振不知道缘由，被雅莉瞪得不知所措。这时，雅莉又重新看向了手中的试卷。

"妈妈知道了会骂我的。"

妈妈生气了肯定会唠叨很久，而且这段时间是不会让她再踢球了。想到这儿，雅莉不禁打了个寒噤，

连忙摇了摇头。

"对，绝对不能让妈妈发现。"

雅莉将卷子折了折，塞进了书包最里面的口袋。

"好了，大家将错的题目重新做一遍，明天交上来。咱们开始讲课吧。"

老师在黑板上写下了今天要学习的内容。雅莉用手支着头往窗外看，看到操场上同学们正在踢球，她突然觉得坐在教室里听课好无聊，好希望体育课能快点儿到来。她打了一个大大的哈欠。

语文课结束了，雅莉喜欢的体育课终于到了。她迫不及待地冲出了教室。

"今天我们要做跳马运动，同学们按照现在站着的顺序来跳马。跳过的同学可以自由活动。"

按照老师指定的顺序，大家开始一个个跳马了。雅莉因为个子高排在了后面，她好想快点儿跳完去踢球。等了好一会儿，终于轮到雅莉了，她使劲向前一跳，很轻松地就跳过去了。

"不错，雅莉可以去玩了。"老师一边为雅莉鼓掌一边说道。

"是！"随后雅莉便去仓库拿出一个足球，走向了正在休息的同学们。这时，雅莉看到兴振正在准备跳马。兴振焦虑地向周围扫了一圈，然后闭起眼睛跑了起来。

"兴振，要看着前面跑啊！"

老师喊了一嗓子，可是兴振依然闭着眼睛向前跑。可想而知，他很快便两脚一软，肩膀撞在了跳箱上。雅莉看到这一幕，哈哈大笑起来。对于最喜欢体育课的雅莉来说，运动不好的兴振在她眼里实在是太好笑了。

"真是的，连这么简单的跳马都不会。"

听到雅莉的嘲笑，兴振瞪了雅莉一眼。

"哼，笨死了！"

看到雅莉一再嘲笑自己，兴振气得直喘粗气，雅莉却还在吐着舌头嘲笑他。

"雅莉，每个人都有自己不擅长的事情，你怎么能这样嘲笑别人呢？"老师已经在旁边观察雅莉一阵子了。

听到老师的话，雅莉不再说什么了。老师看了一眼她手里的足球说道："你先跟兴振道歉，道完歉后再去踢球吧。"

雅莉回头看了兴振一眼。

"对不起！"雅莉皱着眉头，有些不情愿地对兴振说道。她怕兴振再多说什么，立即跟老师打了一声招呼，跑向操场了。

"真是的，我又没说错！"雅莉不满地轻声嘟
囔着。

"谁想踢球啊？"

听到雅莉的喊声，原本坐在操场边休息的同学都
起身拍了拍裤子上的灰，走向了她。雅莉将大家分成
两队，一起踢球踢到了下课。踢球时，雅莉觉得自己好
幸福。运动时，她会将之前因为嘲笑兴振而被老师责
怪的事，还有书包里藏着零分试卷的事忘得一干二净。

"妈妈，我回来了。"

放学后雅莉立刻跑回家了。她想上网看昨天晚上
直播过的足球比赛，所以一回到家就把书包往旁边一
扔，打开了电脑。

"书包要放好。"

雅莉哪里还听得进去妈妈的话，妈妈边整理着雅
莉的书包边叹了口气。这时，雅莉已经全神贯注地看
起了球赛，投入得连眼睛都不眨一下。

"射门！"仿佛自己变身为球员一样，雅莉连连

从座位上跳起来，跺着脚喊着。

"雅莉！这是什么啊？"雅莉身后突然传来妈妈生气的叫喊声，接着妈妈便将她正聚精会神看着的比赛视频关掉了。

"妈妈！再看一会儿嘛，马上就结束了。"雅莉抬头看着妈妈，埋怨道。

妈妈什么也没说，晃了晃手中皱成一团的试卷。

"啊，那个！妈妈你怎么找到的啊？"雅莉急得从座位上跳了起来。

"你说呢！"

"你干吗随便翻别人书包啊？"雅莉的声音顿时高了一个分贝。

"怎么？妈妈连自己女儿的书包都不能碰吗？"妈妈弹了一下雅莉的额头。

雅莉赶快闭上了嘴，果不其然，妈妈唠叨了起来。

"零分？居然考了零分？真不嫌丢人。雅莉，还不快点儿把电脑关了！"

趁妈妈发更大的火之前，雅莉赶紧关了电脑。

"错的题全部重做一遍，没做完不准看球赛！"

听到妈妈的话，雅莉不服气地抬起了头，但她看到妈妈生气的脸后立刻又将头低了下去。雅莉咬了咬嘴唇，虽然妈妈发火是大事儿，但看不到球赛这件事更加让她火大。

"你给我静下心好好做题，做到吃晚饭的时候。"

"好……"雅莉用蚊子般微弱的声音回答道。

她轻轻地将房门关上了，坐到书桌前慢慢将皱成一团的试卷铺开来。这时，她突然觉得今天的桌子好乱。

"先整理桌子好了！"

雅莉整理完桌子后重新拿起了笔，但刚刚看的足球比赛中的场景总是浮现在她的脑海中，使得她一点儿都无法集中精神。

"唉，现在应该踢下半场了。"

雅莉遗憾地望了望电脑，但她猛地想起了刚才妈妈生气的脸。

"学习！学习！"

"集中！集中！"

雅莉拍了拍脸，看向手中的卷子，都是不会的题。没过多久，她发现了手边的MP3，顺手就戴上了耳机。不一会儿，她就将试卷忘在了脑后，开始扭着身子哼起了歌。

第二天下课时，雅莉因为没按照老师的要求重新做题，被老师训了一顿。直到雅莉向老师承诺明天一定会做完，老师才放她走。

接下来上体育课时雅莉也不像平时那么高兴。休息时间，她跟朋友闲聊着喜欢的歌手，但老师严厉的表情总是浮现在她的脑海中，让她对朋友的话也提不起兴趣。

放学后，一回到家雅莉就坐到了桌子前做题，妈妈推开房门走了进来。

"我们雅莉在学习吗？"

雅莉因为心情不好，头也没回地点了点头。

"雅莉真乖啊！"

听到妈妈的称赞，雅莉的心情顿时好了不少。妈妈不想妨碍雅莉学习，轻轻地关上门出去了。雅莉开始认真地做起题来，可是正打算做第二题时，她突然觉得桌子上闹钟的声音很吵，便皱了皱眉头。

"雅莉，妈妈现在要去超市，你有什么想吃的吗？"

听到妈妈的话，雅莉立即从座位上跳了起来。

"我也要去！"

"你不是要学习吗？"

"我要自己去挑想吃的东西。"

听到雅莉的话，妈妈无奈地笑了笑。

"好吧。不过一会儿回来要继续学习哟。"妈妈只好答应了。

"我会的！"

到了超市，妈妈先去拿购物车。雅莉跟在妈妈身后，突然看到了银宇，便高兴地喊道："银宇！"

听到雅莉的声音，银宇回过头看了看，雅莉立即朝他走了过去。

"银宇，你是一个人来的吗？"

"不是，跟妈妈一起来的。你呢？"

"嗯，我也是。"

雅莉回头指了指妈妈。银宇看到雅莉妈妈后低下头鞠了个躬。

"是你朋友吗？"雅莉妈妈满脸笑容地问道。

"嗯，是我们班班长，叫金银宇。"雅莉骄傲地回答。

"女同学们都偷偷叫他王子呢。"雅莉又趴到妈妈耳边悄悄说，说完后，她耸了耸肩。居然能在学校外面碰到银宇，雅莉多想跟妈妈炫耀炫耀啊。这时，银宇妈妈推着购物车走过来了。

"妈妈，这是我们班同学雅莉。"银宇向妈妈介绍雅莉。

银宇妈妈跟银宇像一个模子里刻出来似的，雅莉都看愣神了。银宇妈妈温柔地对雅莉笑了笑，转身跟雅莉妈妈打起了招呼。

"呀，那不是兴振嘛。"

这时，银宇在超市的人群中发现了兴振。兴振也

33

是跟他妈妈一起来逛超市的，他正抓着妈妈的裙角来回闲逛着。银宇跑过去找兴振。没过多久，雅莉看到跟在银宇身后的兴振，皱了皱眉头。她很不满银宇带着她一点儿也不熟的兴振过来。

"妈妈，这是几天前转学到我们班的兴振。"

银宇向妈妈介绍着兴振。妈妈们互相打起了招呼。

"今天能遇到大家真巧，不如一起逛超市吧！"自来熟的兴振妈妈笑着对其他妈妈们说道。

"好啊，这个主意不错。"雅莉妈妈跟银宇妈妈也点了点头。

"那妈妈们去逛超市吧，我们去那边的书店了。"一直在旁边站着的银宇笑着说道。

"你们不要乱跑啊，有什么事给妈妈打电话。"

"好。"

银宇带着兴振和雅莉跑向了书店。这时，兴振妈妈转头向银宇妈妈看去。

"银宇看起来好稳重啊，像个小大人呢。"

银宇妈妈听后忙挥了挥手，说："哪有啊，银宇也跟其他孩子一样呢。"

兴振妈妈看到兴振正忙着四处乱逛，便叹了口气。

"我家兴振就没有消停的时候。"

"我家雅莉也是。"雅莉妈妈连忙附和着说道。

"孩子们不都那样嘛，过一阵子就好了。"银宇妈妈云淡风轻地说着。

"会吗？"兴振妈妈依旧满是担忧的表情。

银宇妈妈笑着点点头说："当然了！"

妈妈们的话题一直没断过，她们推着购物车一起走向了蔬菜区。

兴振与雅莉一直跟在银宇后面。雅莉看到周围的人非常多，怕跟丢了，所以走得很快，可到了书店后却发现兴振不见了。

"他又去哪儿了啊？"雅莉不满地嘟囔着。

"应该就在附近，咱们找找吧。"银宇很镇定地说道。

雅莉点了点头。两个人为了找兴振只好又沿原路

往回走了。

"你看！兴振在那儿呢！"

雅莉用手指了指前方，兴振正站在一堆贴纸前忘我地看着。银宇和雅莉走到了兴振身边，兴振还是没有察觉到，完全陷入了贴纸的世界。

"你在这儿干什么？"

雅莉感到无可奈何，伸手"啪"地拍了兴振一下。兴振被吓得立刻回过头看了看他们。

"我在看贴纸呢。你们去哪儿了啊？"

"什么？"

雅莉更加觉得兴振不可理喻了。

"我在看贴纸的时候，你们都去哪儿了啊？"

雅莉狠狠地踩了兴振一脚，兴振疼得捧着脚揉了起来。雅莉低头看了看坐在地上的兴振，说道："不是你自己看这看那才跟丢的嘛！这次你给我好好跟着，别再跟丢了。"

看到雅莉这副凶样，兴振什么话都没敢说，只是点了点头。银宇将坐在地上的兴振扶了起来，三人转身走向了书店。兴振刚到书店就迫不及待地跑向了漫画区。看到他手忙脚乱地翻着书，雅莉皱起了眉头。

"银宇，你经常跟妈妈一起逛超市吗？"雅莉走到正在挑书的银宇身边问道。

银宇点了点头，接着挑了一本叫《汤姆的午夜花园》的书，找了个坐的地方看了起来。

"你也挑一本吧，咱们在这儿看会儿书再走。"

银宇一副一口气要把书都看完再走的样子，兴振也挑了一本漫画书坐到了银宇身边。雅莉不想输给兴振，立即也挑了一本书，然后坐到了银宇身边。可是雅莉对这本连书名都没看清楚就胡乱挑选的书提不起任何兴趣，她更想跟银宇多说说话。于是，雅莉假装看了会儿书，然后偷偷瞥了一眼银宇。

"那本书好看吗？"雅莉犹豫了一会儿开口问道。

"嗯，我喜欢看书。"

银宇说完便又集中精神看起书了。雅莉噘了噘嘴，这可是跟银宇亲近的绝好机会啊。但银宇什么话都不说，只顾看他的书，实在太无趣了。

　　"这书一点儿意思都没有。我最不喜欢看书了，比起看书我更喜欢出去玩。"雅莉嘟囔着。

　　这时，银宇抬头看着雅莉。

　　"雅莉，你的梦想是什么？运动选手吗？"

　　"嗯？梦想？"

　　"就是你以后想做的啊。我的梦想是当老师，我想以后给孩子们讲很多有趣的故事，我现在读书也是为了这个目标。"

　　雅莉认真地想了想银宇的话，她从来没有想过自己的梦想，突然开始怀疑是不是只有自己没有梦想。她觉得有些不安，便转头望着兴振。

　　"喂，你的梦想是什么啊？"

　　"我不叫'喂'！"兴振猛地回过头，大声地对雅莉喊道。

　　"谁叫你连那么简单的运动都做不好的。"

　　雅莉耸了耸肩。兴振被雅莉气得直喘粗气。银宇看他俩又吵起来了，连忙劝了起来。

　　"好了好了，你们不要吵了。"

两个人互相朝对方"哼"了一声后，各自别过了头。银宇摇了摇头，朝兴振望去。

"兴振，你的梦想是什么啊？"

"梦想？"兴振摇了摇头，因为兴振跟雅莉一样也从未想过梦想这个问题。

"就是你们在做什么事情之前，要先想好为什么要做这件事。"银宇合上手中的书说道。

"那是什么意思啊？"雅莉与兴振不明所以地眨了眨眼睛。

"我只是好奇你们的想法。我都是先决定好想做的事情，然后跟妈妈说我想这么做的理由，这样我就会觉得这件事非做不可了。你们也这样试试吧。"

雅莉一点儿都没听懂银宇在说什么，兴振脸上也是一副茫然的表情。银宇看了看俩人的表情后耸了耸肩。

"我很好奇你们的梦想是什么，不过你们先想想自己想做的是什么吧。"

"嗯，知道了。"两个人支支吾吾地回答。

这时，妈妈们回来了，兴振与雅莉立即将手里的书放回书架，跑向了自己的妈妈。银宇则是一副因为光顾着说话没看完书而遗憾的表情。

"你喜欢这本书吗？喜欢的话就去收银台结账吧。"银宇妈妈说道。

"太好了！"银宇高兴地跑向了收银台。

雅莉妈妈看到后也问雅莉："雅莉没有想买的书吗？"

"没有，妈妈还是给我买冰激凌吧。"雅莉来回晃着妈妈的手说道。

"哎，知道了。不要光买自己的，记得将其他小朋友的也一起买回来。"妈妈叮嘱着雅莉。雅莉马上将冰激凌买回来，分给了银宇和兴振。

"真是太感谢了，那我们先走了。下回有时间一起喝杯咖啡吧。"银宇妈妈抚摸着银宇的头对另外两位妈妈说道。银宇就连吃冰激凌的时候也不忘看书。孩子们因为没玩够，都带着遗憾回家了。

全身心投入自己所喜爱的事情

当一个人在做自己喜欢或感兴趣的事情时，他的注意力自然而然会高度集中，全身心投入。苹果公司创始人史蒂夫·乔布斯曾在斯坦福大学毕业典礼上说："找到并执着于自己喜爱的事情。"这是他成功的经验，对我们每个人来说也是如此。

还有在全世界都很有影响力的画家摩西奶奶，她76岁时才开始拿起画笔，最终成了美国最著名和最多产的原始派画家之一。正如她所说："做你喜欢的事，什么时候都不晚。"你最愿意做的那件事，才是你真正的天赋所在，它会让你全力以赴，鞭策你不断努力前进。

如果你幸运地找到自己的兴趣并全身心投入其中，那么你就能一步步接近梦想。

寻找梦想的方法

不要觉得找到梦想就完事了，
比起这个，怎么实现梦想才是最重要的。

雅莉答应过妈妈逛完超市后继续学习，因此一回家便进了自己的房间。可是她总是想起银宇刚才说的话，心里很烦，便径直走到床边躺下了。

"梦想？"雅莉顿时羡慕起了各方面都很优秀的银宇。如果自己也能像银宇一样学习好，妈妈一定会很高兴的。而且更重要的是……这样就可以进一步接近银宇了。

"我一定要想一个很棒的梦想去告诉银宇！"

雅莉试了很多方法，在床上来回打着滚思考，坐在桌子前思考，在房间里来回踱步思考，等等，可是无论怎么做都想不出自己到底想要做什么。最后，雅莉猛地从床上起身，开门看了一眼正在外面洗碗的妈妈。

"妈妈，你的梦想是什么啊？"雅莉犹豫了一会儿问道。

妈妈想了一会儿，说："梦想吗？感觉思考这个问题是好久之前的事情了，都不记得了呢。"

雅莉失望地噘了噘嘴："那算什么回答啊！"

雅莉嘟囔着转身回房间。

"那雅莉的梦想是什么啊？"妈妈问道。

看着妈妈好奇的样子，雅莉顿时觉得自己没有梦想很丢人。

"我打算从现在开始好好想想呢！"雅莉喊了一嗓子，便立刻跑回了房间。

"雅莉，等想好后要告诉妈妈哟！妈妈也会仔细想想自己的梦想是什么。"

听到妈妈的话，雅莉关上房门，坐在桌子前面，将自己知道的所有职业都写了下来，很快就写了满满一张纸。可是雅莉仍然觉得不满意，因为这些职业都是以前在别人那儿听来的，并不是她自己喜欢的。

"我要想一个自己喜欢的才行。"雅莉叹了口气。

"我想去踢球了，现在这种郁闷的心情只有通过踢球才能舒缓啊……"雅莉将头埋在枕头里嘟囔道。

兴振困得边揉着眼睛边将勺子拿了起来，准备吃早饭。妈妈看到还在打瞌睡的兴振，很怕他随时又会说不想上学之类的话，但又不知道用什么方法才能让兴振快点儿振作起来。

"兴振得快点儿吃完饭上学啊。"妈妈边给兴振夹菜边说道。

兴振点着头将勺子送到了嘴边，这时勺子上的饭却掉到了饭桌上。

"今天放学后兴振打算做什么啊？"妈妈将掉在饭桌上的饭捡了起来。

"学习。"兴振回答，说着打了一个大大的哈欠。

"嗯，我们兴振现在是为了什么学习呢？"

兴振觉得今天总提问题的妈妈很烦。

"要成为优秀的人。"

"优秀的人？那优秀的人是什么样的啊？"妈妈继续问道。

听到妈妈的话，兴振开始思考什么是优秀的人了。这时，他想起了银宇昨天说过的话。

"首先想清楚你们的梦想是什么！"

兴振随即回答道："实现梦想的人啊！"

说完，兴振顿时一点儿都不困了。妈妈变得更加好奇了，想进一步问下去。

"哇，兴振连这个都知道，太棒了！"

"当然了！"兴振大声地回答道。

妈妈的认真回应让兴振很高兴。

"那兴振的梦想是什么呢？"妈妈对兴振的想法越来越感兴趣了。

兴振想了想，可是跟昨天一样没什么想法，他因为不知道自己的梦想是什么而感到很苦恼。

"还不知道呢！"

"嗯？那是什么意思啊？"

兴振没有回答妈妈的话，而是想起了能够很自信地说出自己梦想的银宇。

对，银宇应该能帮我找到梦想。兴振想。

兴振猛地站了起来，去房间里背上书包，然后走了出去。

"兴振，饭还没吃完呢。"妈妈追着兴振说道。

兴振想快一点儿去学校见银宇，等自己找到梦想后再跟妈妈好好炫耀炫耀，像刚才那样被妈妈肯定的感觉真好。

兴振回头看了妈妈一眼，笑着回答道："等我放学回来再告诉你。"

妈妈抱了抱兴振，说道："知道了，好好学习啊，我的宝贝儿子。"

"嗯，我去上学了！"跟妈妈打过招呼后，兴振开心地出门了，他心急地一路小跑着到了学校。

兴振喘着粗气推开了教室门，虽然时间有点儿早，但是不出所料，银宇已经到了。兴振将书包扔到座位后便径直走向银宇。银宇正在看童话书，所以没注意到兴振已经站在自己身边了。

兴振看了一眼银宇手上的书，喊了声"银宇"。

银宇这才回头看了一眼兴振。他看了看时间，很惊讶地问道："你今天怎么来得这么早啊？"

"记得你之前对我们说过的话吗？"兴振挠着头尴尬地笑着。

"什么话？"

"让我们找梦想。"兴振低头把嘴凑到银宇耳边，小声地说道。

"今天早上我想了很久，可怎么也想不出来，我不知道自己想做什么。"兴振看了一圈，发现周围没人，便猛地抓住银宇的手，"银宇，你帮帮我吧，你之前不是说需要帮忙就找你的吗？"

银宇被兴振吓到了，睁大眼睛看了看兴振。这时，雅莉推开教室门走了进来。雅莉正走向自己的座位，抬头看到银宇为难的样子，便皱着眉头大声喊道："喂，你！干吗呢？"

兴振被叉着腰瞪着自己的雅莉吓了一跳。

"我警告你，别欺负银宇啊！"

"我没欺负银宇！"兴振连忙挥着手辩解了起来。

"真的吗？"

看到雅莉满是怀疑地走向自己，兴振吓得连忙退了几步。

"不是你想的那样，我正在跟兴振谈事情呢。"银宇对雅莉说道。

"可是你好像正因为他而感到为难啊。"

"那是因为兴振让我教他找到梦想的方法。"

"嗯？找到梦想的方法？"

雅莉回头看了一眼兴振。兴振因为没找到梦想，正羞愧地红着脸。而雅莉也正在因为没找到梦想而感到困惑。

"那你也教教我吧！"雅莉充满期待地望着银宇。

她连自己也没察觉到，就已经猛地抓住了银宇的手，说道："昨天我一直在想，可是怎么也想不出来。"

两只手都被雅莉抓住的银宇为难地眨了眨眼睛。

"嗯，怎么找梦想……"银宇为难地嘟囔着。

"是不是找到梦想就能像银宇一样对学习感兴趣啊？不会再被妈妈骂了吧？是不是可以跟同学尽情地踢足球了啊？"雅莉兴奋地连忙问道。

"我也想快点儿找到梦想，然后和妈妈一起分享！"兴振想到今天早上发生的事，攥着拳头说道。

"好吧，那咱们一起想想。首先，你们喜欢做什么？"银宇认真地问俩人。

"足球，我喜欢在操场上大汗淋漓地踢足球！"雅莉毫不犹豫地回答。

"兴振呢？"

兴振觉得立刻说出答案的雅莉好棒，他仔细想了想自己喜欢做的是什么，可是却想不出来。兴振一直以来最喜欢和爸爸在一起，这时，他突然想到和爸爸一起玩过的电子游戏。

"我喜欢玩电子游戏。"兴振没有底气地说道。

银宇听到两个人的回答，扶了扶眼镜。这是他在想事情时的习惯动作。

"那么你们就努力成为足球和电子游戏领域的第一名吧。"

"第一名？"兴振和雅莉同时朝银宇看去。

"雅莉就努力成为足球运动员好了，兴振可以当游戏竞技手。"银宇十分肯定地说道。

雅莉顿时高兴起来，想象着自己当上足球运动员后的情景，在人们的欢呼声中带球冲刺是多么的振奋人心。兴振也想象着自己在竞技大赛中获得冠军后的模样，不自觉地笑了起来。

"好酷啊！"

"我怎么就没想到呢？"

兴振和雅莉兴奋地喊了起来，其他在教室看书的同学好奇地看着他们。银宇看到俩人的样子，笑了起来。

"现在大家都有梦想了，就要开始努力实现梦想了哟。"

兴振和雅莉用力地点了点头。

"找梦想也没那么难嘛。"雅莉充满自信地说道。

"不要觉得找到梦想就完事了，比起这个，怎么实现梦想才是最重要的。"银宇看着雅莉说道。雅莉不好意思地摸了摸鼻子。"足球运动员不是想当就能当的，需要不断努力练习才行。这一点兴振也一样。明白了吗？"银宇又叮嘱兴振。

这时，第一节课的上课铃声响了。

"以后有问题能再来问你吗？"雅莉害羞地看着银宇。

"当然可以。"银宇点了点头。

雅莉因为跟银宇更加亲近了，心情特别好，高兴地哼着歌回到了座位上。银宇可是班上女生都喜欢的对象呢！

"银宇，你太厉害了。你将来一定会成为优秀的老师的。"兴振走之前回头跟银宇说道。

　　"谢谢！"银宇对兴振笑了笑。他觉得帮到了同学，心里特别高兴。

　　"今天心情太好了。"不一会儿银宇便把注意力集中到老师讲的课上，他觉得今天做起题来毫不费力。

　　"妈妈！"兴振刚回家就开始找妈妈。他好想赶快跟妈妈说说他的梦想，在学校上课时就一直盼着快点儿下课回家。

　　"兴振回来了吗？"奶奶高兴地迎了出来。

"奶奶，妈妈呢？"

"还没下班呢，一会儿就回来了。"

"哦，是吗？"兴振一脸失落的神情，"本来想第一个跟妈妈说的。"

"学校里发生什么事情了吗？跟奶奶说说吧。"奶奶摸了摸兴振的头。

"那就先跟奶奶说好了！"兴振充满期待地看着奶奶说道。

"奶奶，我以后要当游戏竞技手。"

"游戏竞技手？"

"奶奶，您怎么连这个都不知道啊，就是玩游戏的人啊。"

奶奶听着兴振的解释，但还是不明白地眨着眼睛。本来兴高采烈的兴振顿时扫兴极了，猛地起身，打开了电脑。

"好吧，奶奶，我让您看看什么叫游戏竞技手。您可要仔细看啊！"

兴振快速移动着鼠标，点开了游戏。看着电脑屏幕的奶奶脸上还是一副茫然的表情。

"能玩好这个游戏的人就叫游戏竞技手，玩这个游戏我最拿手了！"

兴振不断地向奶奶炫耀着，快速地移动着鼠标，玩起了游戏。

"我家宝贝孙子真棒，看来以后可以当那什么游戏竞技手了啊。"

听到奶奶的称赞后，兴振骄傲地耸了耸肩。

"当然了！"兴振自信地回答，然后再次投入了游戏的世界，没过多久肚子就饿得咕噜噜响了。

"奶奶，我饿了。"

"嗯，我们的游戏竞技手跟奶奶吃饭吧，奶奶马上去给你准备啊。"

奶奶转身走向了厨房，兴振看了奶奶一眼后又转过身开始玩起了游戏。没过多久，从厨房飘来了诱人的香味。

"饭还没好。等饭好了，奶奶就去叫你。"

"吃完饭我还要接着玩。"

兴振终于走进了厨房，等着开饭。奶奶笑了笑，拍了拍兴振的屁股。奶奶准备好饭菜，兴振便狼吞虎咽地吃起来。因为吃得太多，没过多久肚子就撑得鼓鼓的。

"你妈妈今天怎么这么晚还没回来啊，难道今天很忙吗？"奶奶边收拾着饭桌边嘟囔着。兴振最终还是没等到妈妈回家就睡着了。

专注是实现梦想的基础

对自己所做的事情感兴趣，并投入出人意料的专注力，才能以此为基础一点一点地去实现梦想。许多我们敬重的伟人都有一个共同点，就是具有非常强的专注力。

因为专注于音乐，贝多芬失聪后还创作了《命运交响曲》等著名曲目；因为痴迷绘画，高更双目失明时仍创作了伟大的油画《我们从哪里来？我们是谁？我们到哪里去？》。古往今来，每一项卓越的成就，每一个被人铭记的姓名都饱含着热情和汗水。一个专注且执着的人，如果愿意将毕生的精力和热忱投入到一件事上，那么，他（她）就很有可能成就伟大的事业。

世界上最难的事情

"怎么办啊？我可不想再出丑了。"

兴振猛地想到了上一节体育课上，因为闭眼跳马被大家取笑的事情，特别是雅莉的嘲笑。他想着想着便叹了一口气。

"雅莉，快点儿来吃早饭！"

雅莉每天的早饭时间都很紧张，今天她也是心急火燎地吃完饭就起身背包准备上学了。

"哎，雅莉，怎么天天早上都跟打仗一样啊？"

听到妈妈的埋怨，雅莉边穿鞋边回答："都说今天第一节课是体育课了！"

雅莉用力地推开了门，说："我上学去了！"

雅莉和妈妈打完招呼后跑向了学校。她一路哼着歌，快到学校门口时看到走在前面的兴振，便高兴地追了上去。

"喂！"雅莉"啪"地拍了兴振一下，兴振疼得皱起眉头，连忙伸手摸了摸后背。

"跟你说过几遍了，我不叫'喂'！"

"今天第一节课是体育课，你可怎么办啊！今天可能也是跳马呢。我可真佩服你，上回看你居然闭着眼睛跳马。"

兴振气得白了雅莉一眼。但雅莉似乎没有要停的意思，继续嘲笑着兴振。

"你今天跳马的时候一定要睁大眼睛哟！明白了吗？"

"崔雅莉！"

兴振被雅莉气得直喘粗气。雅莉这时快速地越过兴振先上楼了，兴振为了追雅莉也跑了起来。

"喂，你给我站住！"

两人一路你追我赶，到了教室门口。

"哎，这才跑了多久啊，就喘成这样。真不能怪我说你啊！"

看到兴振上气不接下气的模样，雅莉叹着气说完后，又吐了吐舌头，便转身走进教室了。

59

"咱们走着瞧！"

兴振缓了一会儿力气后也走进了教室。雅莉正坐在座位上若无其事地跟同桌朵晴聊着天。兴振瞪了雅莉一眼，将书包放在座位上，然后坐了下来。早上的教室一如既往地嘈杂，兴振用手托着下巴观察大家都在做什么。这时，上课铃声响了，只有兴振依然一动不动地坐在座位上，其他同学都一窝蜂地涌到了操场。

"怎么办啊？我可不想再出丑了。"

兴振猛地想起上一节体育课上，因为闭着眼跳马被大家取笑的事情，特别是雅莉的嘲笑。他想着想着便叹了一口气。

"兴振，你怎么还不出去啊？"银宇是这周的值日生，所以一直留到最后才出去。这时，他朝兴振走了过去。

"嗯，我正要出去呢。"兴振不得不从座位上起身，走向操场。

银宇看到教室里没有人了，就将门锁好，走到兴振身边说："去晚了老师就得说咱们了。"

兴振虽然听到了银宇的催促，却依旧慢吞吞地走向操场。最后银宇只好推着兴振向前跑。

"咱们跑着去吧！"

兴振硬着头皮跑向了操场。银宇走到老师面前低着头说道："对不起，老师。我们来晚了。"

站在旁边的兴振也跟着银宇一起低着头。老师弹了一下他们的额头，说道："你们下次不许再迟到了，听到了吗？"

银宇和兴振揉着额头连连答应。看到其他同学正在偷偷地笑他们，银宇和兴振羞愧得脸都红了。

"咱们开始上课了，你们到队伍最后面站着吧。"看到低头站着的两个人，老师说道。

银宇和兴振连忙去队伍的最后面站好。他们经过时，其他男同学偷笑了起来。

"今天也是跳马，同学们按照现在站着的顺序跳，跳完的同学就可以去玩了。开始！"

听到老师的口令，站在最前面的兴浩便开始跳了。看到老师正集中精神看着跳马的同学，雅莉回头

61

看了一眼正低着头站在队伍最后的银宇，又瞪了一眼站在银宇前面的兴振。

"居然敢拖累银宇，今天我饶不了你！"

雅莉趁老师不注意偷偷地从队伍中跑出来，慢慢地走到了兴振身边。

"喂，银宇今天上课迟到是不是因为你啊？"雅莉怒视着兴振。兴振因为心虚，所以什么都没敢说。

雅莉继续问道："你快点儿说，是不是因为不想跳马，所以一直在教室里坐着？"

雅莉一下子戳中了兴振的痛处。

"你如果觉得自己跳不好会丢人的话，我可以教你。不过你要先去向银宇道歉，听到没有？"

看到兴振一直不说话，雅莉叉着腰，继续教训着他。兴振的眼泪不争气地在眼眶里打着转。

"怎么啦？你不会哭了吧？"

"才不是呢，我才没哭！"兴振边抽着鼻子边说道。为了不哭出来，他攥紧了拳头，怒视着雅莉。

"你一个男生就因为这个哭鼻子啊？真是的！"

看到雅莉继续嘲笑自己，兴振终于坐在地上哭了起来。雅莉被兴振的举动吓了一跳。

"雅莉，这次是你不对了，兴振没做错什么，你快点儿向他道歉吧。"

银宇一直在旁边听着他们俩人的对话，知道事情的来龙去脉，于是拍着雅莉的后背说道。

"我不要，我又没做错什么。"

雅莉看到银宇一点儿都不领情，心里很不是滋味，闷闷不乐地回答道。这时正在准备跳马的同学纷纷回过头望着他们。

"那边怎么了？"

老师走过来了。看到老师后，雅莉心里"咯噔"了一下。如果被老师知道自己又嘲笑了兴振，她今天又要被责备了。

"兴振怎么哭了啊？"

雅莉在旁边低下了头。兴振边抹着眼泪边看着老师。

"老师，雅莉总嘲笑我。"

老师回过头看向了雅莉。雅莉看到老师，心里又是一阵紧张。

"雅莉，你上回就嘲笑过兴振，这回怎么又嘲笑他啊？"

"谁让他这么没用的？"雅莉噘了噘嘴。

"那你也不能嘲笑同学，如果别人嘲笑你，你会好受吗？"

"不会。"

老师又转过头看着兴振说："兴振不能因为被同学嘲笑就哭，应该跟雅莉讲清楚你不喜欢她嘲笑你才对。"

"是。"

老师对俩人说道："你们两个人都有错，取消你们今天的自由活动时间，给我去那边反省到下课为止。"

雅莉猛地抬起头看着老师，又低下头轻声嘟囔着："到下课为止？真是的。因为某人我连足球都不能踢了。"

兴振随着雅莉慢吞吞地走到操场边。

"大家排好队！"老师让同学们重新排好队，开始跳马了。

"真是的，足球都踢不了，都是因为你。"

雅莉嘟囔着瞪了兴振一眼，兴振也毫不示弱，俩人便开始互相瞪了起来。

"谁让你笑话我了？这不都是因为你嘛！"兴振责怪起雅莉来。

"什么啊，你一个男子汉哭什么哭啊。就因为你哭老师才会来的！"

雅莉喊了一嗓子。听到俩人的争吵声，老师回过头看了他们一眼。兴振和雅莉心里猛地一惊，默默地低下了头。在远处观察他俩的银宇陷入了沉思。

"我再也不去上学了！"回到家后，兴振将鞋一甩就喊了起来。在家等他的奶奶听到他的话，皱起了眉头。

"怎么又说这种话啊？"

兴振坐在地上，不满地踢了踢地板。

"奶奶，我们班里有个女生总笑话我。"

"嗯？为什么啊？"

听到奶奶的话，兴振哭丧着脸。

"雅莉就跟混混一样。她总是嘲笑我！"

"那也不能叫朋友混混啊。"

"她才不是我朋友呢！"

兴振眼泪汪汪地说着，奶奶安慰起他来。

"我们兴振眼泪怎么这么多啊！下回雅莉要是再嘲笑你，奶奶帮你教训她，好不好？"

"真的吗，奶奶？"

兴振连忙抓住了奶奶的衣角，奶奶边摸着兴振的头边点了点头。

"奶奶最好了！"兴振擦着眼泪笑了。

"我们兴振不饿吗？"奶奶拍了拍兴振的屁股。

"嗯，我饿死了。"

听到兴振的话奶奶便起身了，兴振紧跟在奶奶身后，走向了厨房。

"等一会儿啊，奶奶马上去准备。"

"嗯！"

兴振刚才跟着奶奶走进厨房，现在又回到了客厅。他打了个大大的哈欠，躺在了沙发上。

"好无聊啊。"

兴振感到无聊，没过一会儿便又跑到了奶奶身边，拽着奶奶的衣角。看到奶奶正在做自己喜欢吃的泡菜汤，他馋得咽了一口唾沫。

"这可是兴振喜欢吃的泡菜汤。快点儿去坐好等着吧，等

做好了奶奶就拿出去。"

"奶奶，有什么要我帮忙的吗？"

兴振在厨房来回不停地踱着步。奶奶怕兴振在厨房里碰到东西，会不小心伤到他自己，心里打着鼓。

"有啊，你去帮奶奶摆筷子吧。"

"知道了！"兴振高兴地回答，立刻从收纳盒里将筷子拿了出来。

"在家都这么沉不下心，去学校可怎么办啊……"奶奶朝兴振望过去。

另一边，雅莉放学后便跟同学们一起踢球，等她回过神时才发现时间已经很晚了。她连忙跑回了家。

"我回来了。"雅莉开门后用很小的声音说道。

"雅莉，你怎么这么晚才回家啊？"妈妈皱着眉头问。

"跟同学踢球，所以晚了。"雅莉闷闷不乐地低着头。

妈妈叉着腰看着雅莉。妈妈知道雅莉只要一踢足球就没个点儿，而且想到前几天她很骄傲地说过自己要当足球选手的事情，便忍不住轻轻地笑了出来。

"知道了，下不为例啊，如果还有下次，妈妈可要生气了。妈妈可是等雅莉等了好久呢。"

雅莉抬头看了看妈妈的表情，笑着扑到了妈妈的怀里。

"知道了，妈妈最好了，下回不会再犯了。"

"吃饭了吗？饿不饿啊？"

"还没吃呢。"

"那就快去洗手，妈妈这就给你准备饭菜。"

雅莉心情好得不得了，便放下书包去洗手了。看着她的背影，妈妈笑了笑。雅莉洗完手后径直走出来打开了电视，在厨房准备饭菜的妈妈回头看了她一眼。

"雅莉，你刚回来就看电视啊？"

"我就吃饭的时候看会儿电视，一会儿吃完饭就去学习了。"

听到雅莉滑头的回答，妈妈无奈地摇了摇头。见妈妈不再唠叨了，雅莉立刻把精神集中到了电视上。电视上正演着娱乐节目，雅莉随着拍子开始抖起了腿。

"雅莉，别抖腿，看着多不雅观！"

听到妈妈的责备，雅莉偷偷地噘了噘嘴。

"饭都好了，过来吧。"

"好，知道了！"雅莉迅速地坐到了饭桌前。

"今天爸爸又回来晚吗？"

"嗯，说是今天要加班呢。"

雅莉舀了一勺饭，随着电视里传出的歌声，用手指伴着拍子在桌子上敲着。比起吃饭，她更在意随着拍子在桌子上敲着的手。看到雅莉夹菜时总把菜掉在桌子上，妈妈皱起了眉头。

"吃饭的时候就好好吃饭！"

"哦，知道了！"雅莉不情愿地回答道。她虽然心里很想继续用手敲桌子，但只能老实地盯着饭碗吃饭了。

"好闷啊。"雅莉觉得坐着不动对她来说是一件极其煎熬的事情。

"就吃这么点儿啊？"妈妈担心地问雅莉。雅莉点了点头，便钻进了自己的房间。妈妈看到雅莉这个样子，叹了口气。

"我们家雅莉怎么就这么散漫呢？学习的时候也是，一点儿都集中不了精神，一点儿定性也没有。"

"嗯，对了，去找银宇妈妈问问好了！顺便叫上兴振妈妈一起去！"

雅莉妈妈立刻起身拿起了电话。

每到周末，银宇便会跟妈妈一起去登山，今天也不例外。

"银宇，准备好了吗？"

"准备好了！"

银宇从房间里走出来，妈妈已经在门口等银宇了。跟平常一样，银宇和妈妈一起出发了。妈妈今天心情特别好，一路哼着歌。

"妈妈，今天怎么这么高兴啊？"

妈妈笑着回头望着银宇，说："今天约好和兴振

妈妈还有雅莉妈妈见面哟。"

"是吗？有那么高兴吗？"

"当然了！她们不都是银宇朋友们的妈妈嘛。"
妈妈兴高采烈地回答道。

"对了，银宇，今天晚一些时候妈妈们会在咱们
家见面，没关系吧？"

"嗯，没关系啊。"

银宇笑了笑。妈妈觉得银宇实在是太懂事了，她
登山的脚步也越来越欢快了。

妈妈登山回到家，马上给兴振的妈妈和雅莉的
妈妈打了电话。

"可是阿姨们来咱们家的话会有些吵哟！"妈妈
怕打扰银宇看书，愧疚地看着银宇说。

"没关系的，你就不要管我了，和阿姨们好好聊
天吧。"

妈妈点了点头，走出了银宇的房间。银宇坐在
书桌前翻开了童话书，看了一会儿突然觉得外面有些

吵，看来是阿姨们来了。银宇随即走出了房间，在客厅看到了雅莉的妈妈和兴振的妈妈。

"银宇在家啊！"看到银宇后，兴振妈妈先打起了招呼。

"阿姨好！"银宇低着头鞠了鞠躬。

"银宇好有礼貌啊。"

"哈哈，哪有啊。"银宇妈妈看到雅莉妈妈正在夸银宇，连忙挥了挥手。

"阿姨们好好聊吧，我回屋了。"

"可能会有一些吵，不好意思了啊，银宇。"兴振妈妈对银宇笑了笑。

银宇回房间后继续看书，隐隐约约地听到了妈妈们在外面聊天的声音。

"对了，银宇妈妈，你知道吗？银宇前几天让兴振找梦想。我们兴振后来跟我说，他想当游戏竞技手。"

"我们家雅莉说她想当足球运动员。"

银宇听到妈妈们正在讨论之前找梦想的事情，好奇地将耳朵贴在门上。他听到了兴振妈妈的声音。

"唉，可是最近兴振又在说不想上学什么的，只要一哭就劝不了，而且还很散漫。我不知道怎么办呢，好为难啊。"

"对啊，我们家雅莉也是。"

"有件事还是我第一次跟别人说呢，就是银宇以前也是一个特别散漫的孩子。"银宇妈妈在旁边听了一会儿兴振妈妈和雅莉妈妈的谈话后，突然开口说道。

"啊？银宇吗？"兴振妈妈和雅莉妈妈难以置信地瞪大了眼睛。

"是真的呢。说来都怪我，是我太贪心了，想要银宇比其他孩子更聪明，结果却导致他以前很散漫。"

"什么意思啊？"妈妈们好奇地问。

"在银宇很小的时候，我就送他去上很多学习班。可后来发现可能是让银宇独自待的时间太久了，他变得特别散漫。"

银宇妈妈顿了顿，回想着当时的银宇。

"反思以后我觉得这样做是不对的，不能因为自己贪心而让孩子受罪。孩子们从小应该尽量和父母在一起，通过观察、模仿父母的言行，慢慢形成自己的习惯。可是当时我还不懂这个道理。"

两位妈妈听到后沉默了。

"兴振自从和爸爸分开后，明显变得不快乐了，也散漫了。"兴振妈妈先开口说道。

"是啊，这是很有可能的。"

"我从来没有跟雅莉一起踢过足球，而且雅莉爸爸也不喜欢运动，所以雅莉自然而然也不再跟我们说要一起去运动了。这方面，我们做得确实不对。"

兴振妈妈和雅莉妈妈都愧疚地叹了口气。

"大家现在开始明白就好了。只要我们自己先改变，孩子们也一定会变得不一样的。"

"看来我要和兴振一起努力了。"

"我也是，我要好好想想怎样和雅莉增加互动。"

"那太好了。"银宇妈妈笑着握住了两位妈妈的手。

听到妈妈们的对话，银宇很想进一步去帮助兴振和雅莉，他陷入了沉思。

营造一个安静的环境

人都是听觉动物，尤其对于听觉较为灵敏的人来说，一旦周围有任何风吹草动，都有可能引起他们的注意，从而分散他们的专注力。因此，当我们在学习或者做其他事之前，需要营造一个安静的环境，消除外界的干扰后，注意力自然而然就会提高。

营造一个安静舒适的学习环境并不难，比如有自己独立的房间和书桌；不在书桌上放那些会让人分心的东西；不要一边学习一边做其他事；家长在我们学习的时候不大声说话，更不能吵吵闹闹。总之，有了温暖、和谐的家庭环境，我们在家学习才会踏实、认真。

三个朋友的特别发表会

想要集中精神的时候，要避开具有刺激性的东西。
比如游戏机、手机、电视，也就是那些妨碍你们背台词的东西。

"我上学去了。"

银宇今天特别沮丧。他昨天晚上想破了头，也没想出一个能帮到兴振和雅莉的好点子。在教室里，他一直托着腮帮子沉思着，猛地被上课铃声吓了一跳。

"这么快就上课了啊。"银宇向周围扫视了一圈。这时，老师推开教室门进来了。

"同学们，马上就是发表会了，大家没忘吧？"

"当然了！"大家齐声回答道。

"这次的发表会咱们班要演话剧。发表会上得第一还有奖品呢。大家一起加油吧！"

老师兴奋地大声喊道。同学们也被老师带动起来，激动得不得了。

"话剧……如果能借助这次话剧，让雅莉和兴振不计前嫌、握手言和的话，那就好了。"

正当银宇沉思时，班里的活跃分子盛宇举起了手。

"老师，那话剧要演什么内容啊？"

"老师都已经想好了哟。"老师朝着大家眨了眨眼睛，"这次话剧叫作《职业的再发现》，介绍从事各种职业的人是如何工作的，以及这些从业者在生活中有哪些交集。老师已经准备好剧本了，咱们先分一下角色吧。这次需要全班同学都参加，咱们怎么分角色呢？"

听到要分角色，教室里一下子热闹起来。银宇举手说道："老师，要不咱们抽签吧？"

"好吧，也只能这样了。"

老师在纸条上写下各种职业后，将它们放进一个小箱子里。

"从这排开始按顺序一个一个抽吧。"

老师拿着箱子走到坐在最前面的盛宇面前，大家都

满怀期待地开始抽签了。终于轮到雅莉了，雅莉看了一眼老师后紧张地抽出了一个纸条，迫不及待地打开。

"啊？游戏竞技手？"雅莉看到纸条后摇了摇头。

轮到兴振了，兴振一脸疑惑地伸手抽了一个。他刚刚转学，所以对这次的发表会很是陌生。

"足球运动员？"看到内容后兴振疑惑地歪了歪头。他从来都没有想过长大后要从事这个职业。

看到大家都按顺序抽完了，老师走向了讲台。

"大家都要认真地将自己角色的台词背好，明白了吗？"老师随即将厚厚的剧本发给了大家。

"好！"同学们回答完，便忙着翻起剧本，开始找自己的台词了。甚至有一些同学已经开始背了，教室里又重新热闹了起来。这时，雅莉猛地举起了手。

"怎么了，雅莉？"

"老师，我不满意这个角色，我想换成别的。"

老师为难地看着雅莉，问道："为什么啊？"

"游戏竞技手要一直一动不动地坐着才行，我不喜欢这么无聊的职业。"

没等雅莉说完，兴振也举起了手说："老师，我也想换。"

"兴振是什么职业啊？"

"足球运动员。本来就挺累的，却要一直跑来跑去，还会出很多汗，我不喜欢这个职业。"

很多同学听到雅莉和兴振的话，也想要换职业，于是纷纷举起了手。

"老师，我也想换职业。我不想当作家，能换一个更酷的职业吗？"

"我也是，老师！"

看到大家都想换职业，老师叹了口气。

"雅莉，你看怎么办啊？大家似乎都对自己的角色不满意呢。所以老师不能只给雅莉换角色，不然我们抽签不就没有意义了吗？"

雅莉听到后�’了�’嘴，只好点头同意了。老师随即对其他同学说道："同学们要记住，大家不可能永远都做自己想做的事情。我们这次要演话剧也是想让大家体验一下，其他人喜欢的职业是什么样的。大家现在是不是因为抽到的是自己从来没想过要做的职业，所以才不满意？可是你们有没有想过，正因为是从来都没想过要做的职业，所以你们才有可能对它们感到好奇？"

老师看到大家都在认真地听自己讲话，便继续说道："老师认为，认真地去学习并了解某件事情本身就是一件很棒的事。老师希望你们也能像我一样，以这种心态去看待事物。明白了吗？"

"明白了！"同学们小声地回答道。

"游戏竞技手？一直坐着不挪地儿的职业，哪儿好啊？出去运动才棒呢。"雅莉看了一眼自己抽的纸条，皱着眉头将纸条揉成一团，然后扔了。

兴振则心不在焉地开始翻剧本："天啊，这么多台词！"

兴振越来越担忧了。他本来就不习惯在众人面前表演，这简直太折磨人了。

放学一回家，兴振就坐在书桌前看剧本。

"兴振，妈妈回来了。"妈妈打开门，带进来了一股凉爽的风，可她好像还是很热，用手扇着风走了进来。

兴振手里拿着剧本，从卧室伸出脑袋，看了妈妈一眼，喊道："妈妈！"

妈妈点了点头，看着兴振手中的剧本问道："我们兴振在家学习了吗？"

兴振听到妈妈的话，来回摇了摇脑袋，说："我没有学习，正看剧本呢。"

"剧本？"

"学校发表会上我们班要演话剧，我正在背台词呢。"兴振不满地看着剧本。

"呀，我们家兴振要演话剧了啊。妈妈一定要去看看。"妈妈充满期待地望着兴振。

"不要。"

"为什么？"妈妈因为兴振的反应愣了一下。

"太丢人了，而且我演的也不是什么了不起的角色。"

妈妈听到兴振的话后笑了笑，说："就算不是什么了不起的角色，妈妈也一定会去的，所以我们兴振要加油！"

妈妈摸了摸兴振的头，转身进房间去换衣服了。兴振看着妈妈的背影笑了笑，其实，他心里很高兴妈妈要去参加自己的发表会。兴振马上回房间开始背台词了，可是没看多久他就不耐烦了。这时，兴振听到奶奶和妈妈在客厅看电视剧发出的笑声，便扭头看了看客厅。

"不可以，不可以！"

兴振连忙拍了拍脸，重新将视线转移到剧本上，却一直能听到从客厅里传来的笑声。兴振咬了咬嘴唇，最终还是没忍住，走了出去。

"怎么了？太吵了吗？"妈妈看到兴振后问道。

兴振摇了摇头，在妈妈身边坐下了。"不是。"他说。

"今天不是要背剧本台词吗？"

"我在这儿也可以背。"

妈妈皱了皱眉头。

"怎么能一边看电视一边背剧本台词呢？快去好好背。妈妈还要去看你表演呢，你不是要好好演给妈妈看的吗？"

兴振觉得妈妈唠唠叨叨的很烦人，说："我在这儿也能背。"

看到兴振不耐烦的样子，妈妈无奈地摇了摇头。兴振一直看电视看到很晚，最后将剧本放在枕头边睡着了。

一大早，因为同学们都忙着排练发表会的节目，学校里乱哄哄的。兴振、雅莉、银宇所在的五年级三班也一样。

"大家都背好台词了吧？"老师兴奋地大声问道。

同学们不自信地回答："背好了。"

"你们都没吃早饭吗？声音怎么这么小！好了，大家将桌椅都推到后面，挪出地方排练话剧吧！"

同学们按照老师的吩咐将教室挪出了一块地方，便开始背起了台词。大家似乎在家里背得不错，轮到自己时都背得很流畅。老师满意地边点着头边看着大家。

终于轮到雅莉了。兴振要和雅莉一起表演，于是慢吞吞地跟在雅莉身后，朝着老师的方向走过去。老师先让雅莉坐在事先准备好的椅子上，又转过身推了推兴振，示意可以开始表演了。可兴振却因为太紧张，把背过的台词都忘光了。他站在雅莉面前不知所措，看到大家都在看自己，他感觉自己的脑子更不好使了。这时，一直在旁边等他表演的老师疑惑地歪了歪头。

"还没背完台词吗，兴振？"

兴振什么都没说，低下了头。

"这是兴振转学后第一次参加发表会，是不是有点紧张？"

老师拍了拍兴振的后背。兴振本以为会被老师骂，没想到老师却摸摸他的头，温柔地笑着安慰他。

"那兴振先看着剧本排练好了。雅莉怎么样？背完了吗？"

雅莉摇了摇头。昨天她和同学们踢球踢到很晚，回家便早早地睡了。

"没办法，那雅莉也看着剧本排练好了。还有没背完的同学吗？"

可是除了他们俩人外，其他人都背完了。兴振和雅莉觉得太丢人了。

"你们俩明天一定要背完哟！知道了吗？"

"知道了，我们一定会背完的。"兴振和雅莉红着脸回答道。银宇看着他们俩叹了口气。

话剧一直排练到下课为止。

"你们都太棒了，一点儿都不像第一次演出！接下来我们要上课了，大家快将桌椅都按照原来的样子摆好吧。"

老师叮嘱完便走出了教室，同学们连忙将桌椅搬回去坐了下来。排练了一节课的话剧，大家都有点儿累了，兴振却坐在位子上认真地看起了剧本。

"妈妈和奶奶会来看发表会呢，我一定要好好演！"

兴振攥紧了拳头。他提醒自己，从现在开始要好好背台词了。可是没过多久他又背不下去了，趴在了桌子上。

"这种需要来回跑的角色，我能演好吗？"

兴振不理解运动员这个职业。不知道是不是因为这个原因，兴振对台词一点儿也不感兴趣。可是，今天排练时背不出台词实在是太丢人了。

"对了，去问问银宇好了。银宇应该知道怎么做！"

兴振忙跑到银宇身边。这时，银宇正在背剧本台词。

"银宇！"兴振喊了一声，可是银宇对他的叫声一点儿反应都没有。兴振又叫了一遍，还是一样。于是兴振便晃了晃银宇的肩膀。银宇被吓得回过头来，看着兴振。

"银宇，我都叫你好几遍了，你怎么一点反应都没有啊？"

"啊，是吗？对不起，我在看剧本呢……没听见你叫我。"

兴振反而被银宇的话吓了一跳，他觉得银宇竟能忽略周边的声音，集中精力去做某件事，听起来太不可思议了。而自己无论是在学习还是在做其他事情时，从来没有像银宇这样集中过注意力。兴振突然觉得银宇好棒。

"哇，我也想像你这样！"兴振连忙说道。

银宇没明白兴振的意思，歪了歪脑袋。

"我的意思是，你快告诉我怎样才能像你一样注意力这么集中！"

兴振极其渴望地望着银宇。银宇想了一会儿，转头看了看雅莉。

"雅莉，你也过来一下。"

雅莉疑惑地走了过来。

"雅莉，你昨天干什么了？"银宇认真地问雅莉。

"踢球了啊。我本来打算背台词的，可是……实在是太困了，回家就睡了。"雅莉吞吞吐吐地回答道。

"那兴振你呢？"

"我也是打算背台词的，可是总想看电视……我以为能边看电视边背的。"

"那你们今天回家也要这样吗？"

兴振和雅莉摇了摇头。兴振犹豫了一会儿开口了。

"我是真的想背台词，可是总能听到电视的声音。妈妈和奶奶看电视看得那么入迷……至少我是拿着剧本看电视的。"

"我也是，我是真的打算早上起来背的。"

银宇听到兴振的话后皱了皱眉头。雅莉看了一眼银宇后不说话了。

"我知道我错了，所以才来找你的啊。"兴振委屈地低着头说道。

怎样才能让兴振集中精神背台词呢？银宇想了想，之前妈妈和正在上大学的哥哥曾教过他很多方法。

"想要集中精神的时候，要避开具有刺激性的东西。"

"具有刺激性的东西？"

"比如游戏机、手机、电视，也就是那些妨碍你们背台词的东西。"

兴振和雅莉点了点头。

"还有一点，注意力不集中有可能是因为压力大。心里有压力会影响健康，所以需要通过运动等方法来缓解紧张的心情。我每个周末都会跟妈妈一起去登山。在山上一边呼吸着新鲜空气一边做运动，偶尔也会在那里看书，最后喝点儿泉水再下山，心情会变得很好！"

银宇回忆着登山时的情景，兴奋地说道。兴振和雅莉顿时想到了山上新鲜的空气、小鸟叽叽喳喳的叫声，还有冰凉的泉水。

"集中不了精神的时候，我还会闭上眼睛去整理思绪。这也是一种好方法哟！"

"可是如果睡着了怎么办啊？"

雅莉担忧地问道。银宇听到后"噗"地一声笑了出来。

"不会的。要不你可以去洗洗脸或者将窗户打开透透气。"

"还有这些方法啊!"雅莉高兴地拍了拍手。兴振也在旁边赞同地点了点头。

"还有其他的方法吗?"

看到兴振渴望地看着自己,银宇推了推眼镜继续说道:"我发现一到早上,我就很容易集中精神去做事情。你们也可以观察一下自己在什么时间段最容易集中精神。还有,做功课也不一定只有在家才能做,可以随时随地地抽些时间去做,比如在公园时或坐车时都可以。这样做可以训练自己即使在嘈杂的环境下也能集中注意力。这个方法是从我哥哥那儿学来的。"

"太谢谢你了,银宇。你是天才!"兴振很感激银宇这么努力地回答自己的问题。

银宇听到兴振的话后笑了笑,说:"需要背下来的东西,你们最好拿在手里反复去看,才能不忘记。从现在开始,你们要随时随地拿着剧本,复习时要大声地读出来。"

"知道了!"兴振和雅莉异口同声地回答道。

"集中精神也不是什么难事嘛,只要有心就很容易啊！"雅莉心里不以为然地想着。

"因为银宇的帮助，现在开始我能好好地背台词了。喂，你可怎么办啊？明天你可别再看剧本念了啊，你再念的话，我跟你一起搭档会觉得丢脸的。"

"哼，这话应该我说吧！"兴振瞪着雅莉。

"不信咱俩打赌！"雅莉对他的话嗤之以鼻。

兴振听到雅莉的话，自信地说道："好啊！如果我赢了，你就不许再叫我'喂'了！"

"好！不过如果我赢了，你就要当我的手下败将！"

兴振和雅莉同时怒视着对方。

"也不知道像他们这样打赌，是不是件好事。"

银宇忧虑地看着他们想。这时，上课铃声响了，兴振和雅莉各自回到了座位上。银宇回头扫了他们一眼，发现他俩回到座位后就拿起剧本背起来了。

"妈妈！"雅莉放学后连球都没踢就回家了。妈妈坐在客厅，被雅莉的声音吓了一跳。雅莉和妈妈打完招呼便径直走进了房间，从书包里拿出剧本，对妈妈说道："妈妈，我现在要开始背剧本台词了！"

"嗯？"妈妈被雅莉突然的举动吓了一跳。

雅莉坐到了书桌前，拿起剧本开始背了。

"你在干什么呢？"雅莉正在看剧本，妈妈进来好奇地问道。

"正背剧本台词呢。"

"什么剧本？"

"学校发表会上我们班要演话剧。"

"真的吗？我家雅莉要演话剧啦？什么角色啊？"

雅莉有些生气地抬头看着妈妈，说："妈妈！我要集中精神背台词！"

妈妈头一次看到雅莉这么认真，感动得不得了。

"要不要吃水果啊？"

"等我背完吧！"

"好了！知道了。一会儿背完叫妈妈啊！"

看到妈妈出去了，雅莉重新理了理思绪，把精神集中了起来。

"绝对不能输给兴振！"

　　雅莉开始重新背台词了。背了一会儿后，她突然觉得书桌上的闹钟看着好不顺眼。

　　"啊，不行！不能分神！"

　　雅莉大声地将台词念了出来。

　　"雅莉，出来吃晚饭了。"背了好一会儿，雅莉突然听见了妈妈的声音。

　　"好！"雅莉起身走出去，闻到屋里飘着鸡蛋卷的香味，这可是雅莉最喜欢吃的东西。她顿时感到肚子好饿。

　　"雅莉，背完了吗？"

　　雅莉忙着吃饭，头都没抬便点了点头。

　　"慢点儿吃，雅莉。吃饭时要细嚼慢咽。"妈妈看到雅莉吃饭的样子，担心地说道。

　　"不行，我要快点儿吃完饭，好背剧本台词。"

　　"这么努力啊。"

　　听到妈妈的称赞，雅莉顿时高兴了起来，没一会儿就将一碗饭吃得干干净净，起身走向了房间。快要走到门口时，雅莉看了一眼窗外。看到窗外太阳已经

95

下山了，她想如果自己去踢球的话，现在应该还在外面呢，她突然觉得没去踢球有点儿可惜了。雅莉在窗边站了好一会儿，正在刷碗的妈妈看到她，问："雅莉，站在那儿干什么呢？"

雅莉不知道怎么回答妈妈才好。

"刚才还急着要去背台词，现在又想出去玩了吗？"

雅莉摇了摇头，转身走进了房间。坐在书桌前，她却一点儿都无法集中精神，足球总是在她眼前打转。她摇了摇头，重新整理好思绪，看起了剧本。

第二天早上，雅莉感到很沮丧，连早饭也没吃。她虽然背了台词，却没什么信心，因为昨天晚上没背好就睡觉了。她无精打采地走向学校，正要进校门时看到兴振在前面。雅莉犹豫了一会儿，朝兴振走了过去。

"喂！"雅莉拍了一下兴振的胳膊。兴振转身看到雅莉，吓得瞪大了眼睛。

"你背完了吗？"雅莉问兴振。

"当……当然了啊！"

"是吗？"雅莉满脸疑惑地看着兴振，"真的假的？"

雅莉看到兴振不说话，放心了。

"那你背完了吗？"兴振偷偷地看了雅莉一眼。

雅莉犹豫着要怎么说时，看到兴振正不安地望着自己，就如实地跟兴振说："没啊……背是背了，可是我没有信心。说实话，我昨天想踢球想得都要疯了。"

兴振顿时也松了口气。

"我昨天看剧本看到一半就睡着了。"兴振说道。

听到兴振的话，雅莉"噗"地一声笑了出来。

"还装什么啊，你不跟我一样嘛。至少咱们是有收获的。"

看到雅莉哈哈大笑，兴振也跟着笑了出来，说："那咱们今天是不是还得念剧本啊？"

兴振和雅莉笑了一会儿，走向了教室。先到教室的银宇看到他们后挥了挥手。

"你们两个最近来得挺早啊。"

听到银宇的话，俩人心不在焉地点了点头，便各自回到座位上了。俩人都觉得太惭愧了，昨天银宇提了那么多好的建议，自己却还是没背完台词。银宇看到俩人无精打采的样子，便担忧地起身走了过来。

"怎么了？你们有什么事吗？"

兴振和雅莉看了眼银宇，同时叹了一口气。银宇疑惑地歪了歪脑袋，问道："难道你们还没背完台词吗？"

听到银宇说中了他们的真实情况，兴振和雅莉吓了一跳。银宇看到两人的反应后彻底无话可说了。昨天他们还打赌一定会背完的。银宇失望地用手来回摸了摸额头。

"也是，哪有一天就能做到完美的啊！"

银宇在想怎样才能帮到兴振和雅莉，他想起了很久之前的自己。没过多久，他想到了一个方法。

"你们这个周日有时间吗？"

兴振和雅莉互相看了一眼，同时点了点头。银宇故作神秘地笑了笑。

"那这样吧，这个周日跟我一起去个地方。"

"去哪儿啊？"

"去了就知道了。早上九点学校门口见哟。"

雅莉之前一直担心银宇会对他俩感到失望，听到他这么说终于松了口气。

生活中能让你集中注意力的好习惯

第一，坐在椅子上学习时保持良好的坐姿。良好的坐姿让人精神饱满，更能集中注意力。大家可以回想一下那些成绩好的同学是怎样学习的。你们应该会发现，他们学习时从来不趴在书桌上或东倒西歪地靠在椅子上。保持良好的姿势去做事，是你们将来成人后必不可少的生活习惯。

第二，无论做任何事情，都需要先将心情平复下来。来回做几次深呼吸，换一换姿势等方法都可以让激动的心情得以平复。这样做以后如果还是集中不了注意力，可以先将手头上的事情放一放，休息一会儿再重新开始。还可以做一些自己喜欢的运动或看一些有趣的书，让自己慢慢静下心来。

第三，养成早睡早起的好习惯。尽量利用白天学习，提高单位时间的学习效率，晚上按时休息，不要熬夜，保证第二天精力充沛。同时，保持心态轻松、心情愉快，这样学习的时候注意力就容易集中了。

刺激的感觉

能愉快地去做某一件事情很重要，
无论是参加发表会还是做其他事情。

　　一周很快就过去了。这期间兴振和雅莉每天都在认真地背台词，现在他俩终于可以自信地说自己已经背完台词了。一转眼，便到了跟银宇约好见面的日子。雅莉提前十分钟来到校门口，看到兴振正从不远处走过来。正当两人觉得尴尬的时候，突然听到旁边一辆银色小轿车的喇叭响了几声，窗户摇下来后他们才发现里面坐的人正是银宇。

　　"对不起，有些晚了。你们快上车吧。"

　　银宇将车门打开后招了招手。兴振和雅莉坐上车，发现开车的人是银宇的妈妈。

　　"阿姨好！"雅莉大声地跟银宇妈妈打起了招

呼，兴振也连忙跟着雅莉鞠了个躬。车沿着巷子开了出去，开了一段时间后，一直望着窗外的雅莉突然大声喊道："呀，快看！是大海！"

兴振朝雅莉指的方向看过去，远处能看见大海正反射着阳光，闪烁着晶莹的光亮。兴振头一次看到这么漂亮的风景，立刻将脸颊贴在窗户上忘我地欣赏了起来。雅莉虽然在看望住在海边的爷爷时能够见到大海，但还是止不住地兴奋了起来。

"我们去海边玩吧，要不要比赛看谁潜水潜得更久？"雅莉兴奋地挥着手说着。

"雅莉，我们这次不去海边哟。"银宇说。

"那去哪儿啊？"雅莉有些失望。

"我们要去农场，这附近有一家农场呢。"

不一会儿，车子到达了目的地，停下来了。银宇立刻下车，跟着妈妈沿着凹凸不平的泥地开始往前走。银宇的脸上是一副充满期待的表情，他紧紧地跟在妈妈身后，兴振和雅莉则茫然地跟随着他们。走了一会儿，眼前像变魔术一样突然出现了一块菜地。

"你们快看啊，有好多蜻蜓呢！"

雅莉指着天空喊了一嗓子，兴振也朝雅莉指的地方看过去。一直在首尔生活的他从来没见过这么多的蜻蜓，惊讶地大张着嘴。雅莉追着蜻蜓跑了起来。这时，其他人突然听到兴振惊叫了一声。

"啊，有虫子！"

"傻瓜，那不是虫子，是蚂蚱。"

听到银宇的话，兴振弯下腰开始观察起了蚂蚱。浑身绿色、后腿细长的蚂蚱正一蹦一蹦地向上跳着，兴振被吓得一屁股坐在了地上。雅莉看到兴振这么狼狈，哈哈大笑了起来。银宇上前将兴振扶了起来，银宇妈妈则为兴振拍了拍身上的土，并对雅莉和兴振说："你们有没有摘过辣椒？"

兴振和雅莉都摇了摇头。

"那你们要好好观察阿姨是怎么摘的哟。"

银宇妈妈干净利索地摘了一个辣椒，兴振和雅莉惊讶地张大了嘴。看了一会儿后，两人便开始各自摘起了辣椒。这时，在一旁的银宇说道："咱们比一比谁摘的辣椒最多吧！"

"好啊！"雅莉连忙答应道。她觉得摘辣椒是一件挺好玩的事情。银宇又望着兴振说："你呢？"

兴振也点了点头。银宇妈妈立刻给了他们一人一个袋子。

"阿姨说开始的时候你们再摘哟，谁摘得最多就奖励一个冰激凌！"

兴振和雅莉听到有冰激凌吃，顿时来了精神。银宇妈妈看着手表喊道："好，大家开始！"

几个孩子认真地摘起了辣椒。银宇妈妈满意地看着孩子们。

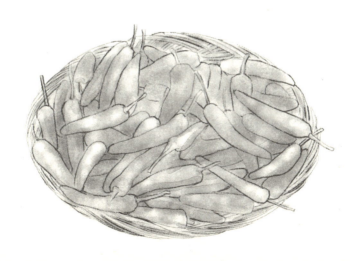

过了一阵子，太阳慢慢地下山了。银宇妈妈看了一眼手表，朝孩子们喊道："好了，时间到了。大家不要再摘了，过来吧！"

孩子们这才停下来了。三个人满脸汗水却依旧高兴得不得了，他们手里拿着袋子走了过来。

"哇，阿姨都分不出来你们谁摘得更多呢！好吧，你们三个都这么棒，三个人都有奖励哟！"

"阿姨最好了！"

雅莉竖起大拇指比画了一下，兴振也连忙跟着竖起了大拇指。

"你们看，就是这么简单。"银宇对兴振和雅莉说道。银宇觉得这是一个让他们明白这个道理的好时机。

"嗯？"兴振和雅莉同时望着银宇。

"你们看，像今天这种比赛就很能让人集中精神，而且大家都能很愉快地做事情，不是吗？"

兴振和雅莉顿时陷入了沉思。

"能愉快地去做某一件事情很重要，无论是参加发表会还是做其他事情。"

"嗯！"兴振和雅莉自豪地看了一眼袋子里满满的辣椒。

"那边有水龙头，咱们去洗洗，然后回家吧。"

银宇妈妈带着孩子们走到了水龙头旁边，孩子们开始认真地洗手、洗脸。因为太累了，他们在回家的车上就睡着了。

发表会快要到了，话剧也在紧锣密鼓地准备着。热情洋溢的老师每天至少会带着大家排练一遍话剧，再也没有没背完台词的同学了。雅莉却因为表演时总是坐不住而被老师批评过好几次。

这一天，雅莉一回到家，便坐到了书桌前。虽然她依旧没有信心一直坐在一个地方不动，可心里又觉得这件事应该不是什么克服不了的难事。

"我们雅莉这么认真，真棒！"妈妈将零食放在桌子上说道。雅莉立刻拿起一块饼干吃了起来。

"发表会是下周吧？"

雅莉点了点头。

"妈妈那天会跟银宇妈妈和兴振妈妈一起去哟。听说银宇家有摄像机呢。"

雅莉看了妈妈一眼，说道："妈妈先出去可以吗？"

"为什么？"

雅莉不耐烦地摇了摇头，然后对妈妈含糊地说道："我要开始练习了。"

"雅莉，妈妈能在旁边看看吗？"妈妈瞪大了双眼问道。

雅莉想了一会儿后连忙挥了挥手："不要，反正发表会上能看到的。"

"那也是。不过妈妈想提前看看雅莉是怎么演的。"

妈妈说了好一会儿也没用，雅莉依旧摇着头说："不行！"

雅莉推了推妈妈，妈妈只好走了出去。妈妈刚出去，雅莉便将门锁上了。她坐在书桌前想了好一会儿，还是不知道怎样才能演好自己的角色。雅莉觉得妈妈的期待太大，反而加重了她的负担。

第二天，雅莉在教室里正盼着下课。

"我的角色好无聊啊，怎么就分给我了呢？"
雅莉无精打采地向银宇说着。兴振想了一会儿也说
道："我觉得足球运动员更无聊呢。"

"这两个角色确实不适合你们，可能跟你们的性
格正好相反吧。"银宇摸了摸下巴。

"足球运动员是雅莉的梦想，游戏竞技手则是兴
振的梦想。要不你们去体验一下对方的梦想怎么样？"

"体验？"雅莉看着兴振嘟囔道。

"游戏有什么好玩的啊？"

"我觉得好玩着呢！"

"你想做的能有多好玩！"雅莉吐了吐舌头。银
宇马上劝住了俩人。

"你们都是因为偶然的机会才能去体验对方的梦
想。从现在开始你们互相帮助对方，怎么样？你们不
是想在妈妈面前表演出最棒的话剧吗？"

兴振和雅莉瞪大了眼睛望着银宇，没想到银宇会
想出这种方法。

　　"怎么帮啊？有好的办法吗？"兴振和雅莉同时问道。

　　"兴振要教雅莉明白打游戏的乐趣在哪里。反过来，雅莉要教兴振体会踢足球的乐趣。"

　　兴振觉得银宇的方法不怎么好，因为雅莉不像是那种能够理解打游戏的乐趣的人。

　　"好吧，没问题。要想知道足球的魅力一定要踢一次足球。一会儿放学兴振留下来跟我踢球吧。"

看到兴振一副怏怏的表情，雅莉拍了拍他的肩膀。

"妈妈听到我要演话剧期待得不得了，所以我一定要演好这次话剧！"雅莉对兴振说道。

"我也一样。"

"对吧，所以我们一起努力吧！"

兴振点了点头，但心里却在担忧自己能否真正体会到踢足球的乐趣，不由得焦虑了起来。

时间过得很快，马上就要放学了。老师站在讲台上叮嘱着大家："大家放学后要快点儿回家，回家后要做的第一件事情就是洗手。知道了吗？"

"知道了！"同学们大声地回答道。

班长银宇喊了一声："大家起立，敬礼！"

同学们随着银宇的口号向老师鞠躬。老师点着头走出了教室。同学们一溜烟地跑了出去。雅莉伸了伸懒腰，正好看见兴振走出了教室。

"喂，你去哪儿啊？"

兴振回头看着雅莉，雅莉正朝着兴振走过来。

"不是说好跟我一起踢球的吗？"

雅莉用手勾着兴振的脖子走向了操场。

"咱们到操场时，肯定已经有人在那儿踢球了。咱们直接混到他们中间踢就行了。"

到了操场，果然有几名同学正在踢球。这种场景让一放学就回家的兴振感到很陌生。雅莉将书包往看台上随便一甩，便走向了踢球的同学们。她甩了甩胳膊，踢了踢腿，便开始热身了。

"你在干什么？"

"当然是热身啊。这样的话不容易受伤，你也快点跟着做。"

"哦！"兴振点了点头，他跟着雅莉大概地比画了两下。雅莉热身以后，便径直走向正在操场踢球的同学们。兴振远远地看着雅莉，这时雅莉回过头朝着兴振招了招手。兴振原本还在犹豫，现在立刻跑到了雅莉的身边。

"你跟我是一队的。看见穿黄色球衣的同学了吧？咱们都是一伙儿的。还有，我们的球门在这边。"

雅莉跟兴振解释了很多规则。兴振的心怦怦地乱跳着，总觉得要和一堆不认识的人一起踢球好尴尬。

雅莉猛地拍了一下不安的兴振，说："你只要将球带到球门附近，然后踢进去就行。别害怕！"

兴振听到雅莉的话，沮丧地低下了头。这时随着"哔——"的一声哨响，比赛开始了。雅莉为了抢到球冲到了最前面。兴振则是犹豫了一会儿，朝着雅莉的方向跑了起来。雅莉没过一会儿就从对方球员脚下将球抢过来，朝着对方球门用力地踢过去了。瞬间，球干净利索地进入了对方的球门。

"哇！"雅莉高兴地大声欢呼了起来。兴振看着雅莉的背影，突然觉得雅莉能够认真踢球，并从中得到乐趣，真是太棒了。反观自己，则是连球都还没碰过呢。就在这时，对方守门员将球踢出来了，包括雅莉在内的所有人立刻围了上去。雅莉抢到球后快速地朝着对方球门跑过去，可是还没等雅莉跑到球门旁边，就被对方球员截住了。雅莉用眼睛扫了扫周围，发现兴振正好在球门前面。

"快接球！"

雅莉将球传给了兴振，球滚到了兴振脚边，可兴振不知道该怎么办，茫然地看了看四周。这时，远远地传来雅莉的声音。

"快运球！射门啊！"

兴振照着雅莉的话用力将球踢向了球门。由于他太用力了，踢完球后失去平衡，摔倒在地上。正当兴振疼得直揉屁股时，他听到了雅莉的尖叫声。兴振朝球门望去，发现球居然在球门里。兴振惊呆了，也顾不上生疼的屁股，就这么愣愣地盯着球看。

"就是这样。太棒了！"

雅莉第一个跑过来拍了一下兴振。和兴振一个队的其他同学也过来开玩笑似的拍了拍兴振。兴振觉得自己也做贡献了，一下子高兴得不得了。他从地上站起来，拍了拍裤子上的灰。这时，对方守门员又将球踢了出来，兴振立刻朝着球的方向跑过去。他只顾着跑，没看到旁边有人过来，猛地跟那人撞在了一起。兴振摔倒在地，低头看了看膝盖，膝盖已经破皮出血了。他顿时哭丧起脸来。这时，先从地上站起来的对方球员向兴振伸出手来，对他说："你没事儿吧？都怪我只顾着看球跑。"

兴振被对方拉了起来。看到兴振站起来后，对方球员立刻朝球的方向跑去了。兴振低头看了看自己的手，手上还带着被紧握后的余温，他感受到了自己在玩游戏时从未感受过的温暖。

"原来踢球是这种感觉。是啊，玩电子游戏时总是一个人，确实有些孤单呢。"

兴振紧握着拳头，也朝着球的方向跑去了。

没过一会儿，太阳下山了。兴振边擦着额头上的汗边找书包。这次的足球比赛，兴振所在的队大获全

胜，最终以四比一的成绩结束了比赛。兴振觉得努力换来的胜利太令人高兴了。

"好玩吧？"雅莉边找着书包边问兴振。

"嗯！"兴振点了点头。一起踢球的同学朝他俩挥挥手走了。

"和不认识的同学一起踢球，踢着踢着大家就熟了，对吧？"雅莉对兴振说。

"我好像有一点儿理解你了。"

兴振喘着粗气，开心地笑了笑。运动中通过努力换来的胜利与平时玩电子游戏赢比赛时的感觉很不一样。兴振对帮助自己进一步了解足球运动的雅莉充满了感激之情。

"谢谢你，足球少女。"

"足球少女？哈哈哈！"

雅莉听到兴振的话，感觉很自豪，她觉得自己听了银宇的建议来帮助兴振实在是太对了。

"如果想谢我的话，明天你就认真教我好了。"

"没问题！"

兴振和雅莉对视了一眼后，一同哈哈大笑了起来。他们觉得只要以后一起好好努力，就不用再担心被老师责备了，对演话剧也会有很大的帮助。回家的路上，兴振和雅莉一直聊着关于足球的话题，直到交叉路口，才依依不舍地向对方挥了挥手，各自回家了。

第二天放学后，兴振带着雅莉回家了。奶奶高兴地迎了出来，雅莉向奶奶鞠了个躬，说道："奶奶好！"

兴振带着雅莉来到了卧室。

"你不玩游戏，那都用电脑干什么啊？"

"看球赛啊。虽然有时候会漏看一些球赛。"

雅莉能如此喜欢一件事情，这让兴振感到太神奇了。

"你这么喜欢足球啊！我也想像你喜欢足球一样喜欢某件事。"

"你不是说喜欢游戏，想要当游戏竞技手嘛。"

"可是没有到你喜欢足球那种程度。而且我现在能做好的只有打游戏，所以当时才这么说。我还需要一些时间去找其他理想呢。"

117

雅莉听到兴振的话后点了点头。兴振移动着鼠标点开了游戏。

"哇，你真的很会玩啊，所以才说要当游戏竞技手的吧！"雅莉见识到兴振的实力后惊叹道。

兴振开始教雅莉玩游戏。雅莉挽起了袖子，脑海中回想着兴振刚才说过的技巧，开始玩了起来。

"看的时候觉得挺简单的，原来这么难啊……"

雅莉集中精神开始打游戏，慢慢地对游戏熟悉了。

"都这么晚了，雅莉不用给妈妈打电话说一声吗？"

奶奶看着窗外的天慢慢变黑了，提醒雅莉。雅莉这才想起来，猛地抬头看了一眼时钟。

"糟了！又要挨妈妈训了。"

雅莉觉得自己才玩了一会儿，居然转眼就到七点了。虽然觉得很不过瘾，但她还是起身了。

奶奶拍了拍雅莉的肩膀，说："雅莉给妈妈打个电话，说在这吃完晚饭再回家吧，刚刚兴振妈妈来电话说今晚要给雅莉做好吃的呢。"

　　雅莉犹豫了一会儿，不知道该怎么做才好。她担心这回又会被妈妈骂。

　　"吃完饭再走吧！这回跟我玩双人游戏好吗？"兴振脸上满是期待的表情。

　　"好啊！"雅莉又回到了电脑前面。两个人决定一直玩到吃晚饭前。

　　"雅莉！不早了，快起床。"

　　妈妈推了推雅莉，雅莉一点儿都不想起床，用被子盖住头，来回扭着身子。妈妈双手叉腰，看着雅莉折腾。

　　"今天不是开发表会吗？"

　　"啊，对了！"雅莉猛地从床上弹了起来。她回头看了一眼时钟，还好没有太晚。她立刻起身跑向洗手间做准备。

　　"快出来吃饭！"

　　雅莉怕忘记台词，正在看剧本，突然听到外面妈妈的喊声。她边看着剧本边走向客厅，妈妈看到她一

119

直拿着剧本不放，"扑哧"一声笑了出来。

"我们雅莉今天是不是要演话剧啊？"

爸爸看着坐在椅子上看剧本的雅莉问道。雅莉点了点头。

"爸爸今天请一天假去看雅莉演话剧，好不好？"爸爸故作调皮地问雅莉。

雅莉抬起头望着爸爸。

"我知道爸爸很忙的，不去也没关系，可以用银宇家的摄像机把演出录下来，然后大家一起看好了。所以您今天还是忍一忍想去的心情吧。"

爸爸听到雅莉的话大笑了起来。

"哈哈，我们雅莉太懂事了，都知道体谅爸爸了。"

雅莉笑了笑，开始吃饭了。

"你要一直看着剧本吗？"

"不是，我吃完饭再看好了。"

"嗯。"爸爸妈妈听到雅莉的回答，欣慰地笑了笑。之后，早饭的话题一直围绕着话剧展开。雅莉吃完饭，马上起身背上书包要去上学。妈妈则是一直跟在她身后。

"我去上学了！"雅莉向爸爸妈妈打了一声招呼。

"嗯，不要因为爸爸今天没去不开心啊。我们雅莉加油！"

"妈妈到时候会给雅莉拍很多照片哟！"

"好！"雅莉高兴地答应着。

雅莉一路小跑，哼着歌进入了校门。因为今天是发表会，所以学校跟平时不太一样，闹哄哄的。雅莉跑上楼进入教室后，发现有很多同学正在打扮，她才意识到今天终于要开发表会了。

"雅莉，你也快点儿准备吧。敏芝正在那边给大家打扮呢。"

雅莉点了点头，走向敏芝。她的心抑制不住地怦怦跳了起来。

演话剧的场地安排在了学校体育馆里。银宇在后台等待上场的间隙，扫视了周围一圈。同学们都太紧张了，一个个绷紧了神经。银宇身为班长，为了给大家缓解压力便说道："同学们，咱们今天演话剧时就

跟平时一样轻松地表现就可以了。"

同学们听到银宇的话，想起了自己之前排练时的模样。兴振和雅莉互相对视了一眼，他们想到了帮助对方进一步了解角色的事情。渐渐地，大家紧张的心情终于放松了下来。这时，不知道是谁喊了一声："我们要加油啊！"

"好！"

"当然了！"

大家都充满信心地笑了起来。这时，老师公布了节目演出的顺序。同学们开始为上场排队了。大家一来到舞台上，体育场内便响起了雷鸣般的掌声。

同学们没有失误，都像排练时一样扮演好了自己的角色，演出十分精彩。话剧圆满地落幕了，大家向欢呼的观众们鞠过躬后就退到了舞台后面。老师高兴地挨个儿抱了抱同学们。

"你们今天真是太棒了！"

因为同学们都很努力地演话剧，老师感动得不得了，边擦着眼泪边称赞着大家。银宇这时回头去找兴振和雅莉，发现大家都在讨论演出的事情。

"你们今天演得太棒了。"银宇对兴振他们说。

"当然了！银宇你也是，今天演老师演得太像了。"

"你不知道我跟兴振练习有多努力。"雅莉自豪地说。

"努力过的感觉真好啊。"兴振在一旁轻轻地说。

"傻瓜，你现在才知道啊。"雅莉戳了一下兴振。

"对啊，我怎么才知道这个道理？"兴振一副快要哭出来的样子。

"不是吧！你哭啦？"

兴振听到雅莉的话，连忙用袖子擦了擦眼泪。

"才不是呢！我是因为演出太成功而感动的。我这辈子都不会忘了今天。"

"对啊，感觉咱们做了一件很了不起的事情。我现在充满了信心，觉得什么事都难不倒我。"雅莉连忙附和着兴振。

"我还想下次再跟你们一起演话剧呢……我喜欢进入一个角色的感觉，而且还能跟你们一起演……

所有人都在关注我的感觉太棒了。"兴振抽着鼻子说道。

"是吗？那比起游戏竞技手，兴振更应该去当演员呢。"

银宇一直在旁边听兴振说话，中间突然插了一句。

站在一旁的雅莉听完，也拍着手附和道："是啊，我今天看你表演得很好，吓我一跳呢。"

"演员？"兴振嘴里嘟囔着这两个字。这时，从远处传来老师的声音。

"同学们，要等到其他班级都演完节目才能走。大家快回到座位上去。"

"是！"同学们异口同声地回答道。

老师在前面领着大家走向了指定的位置，银宇三人也紧紧地跟在老师的身后。

发表会圆满地结束了。同学们虽然回到了教室，但还沉浸在刚才发表会的气氛中，一直说个不停。家长们则在走廊里等着接孩子们。

"大家集合！今天大家都辛苦了，回家后记得好好休息。明白了吗？"老师好不容易集中了同学们，叮嘱道。

"明白了！"银宇、雅莉、兴振也和其他同学一样答应老师后起身走了。

"妈妈！"雅莉走出教室后发现了妈妈，高兴地跑了过去。妈妈将雅莉紧紧地抱在了怀里。兴振和银宇也跑向了各自的妈妈。

"妈妈，我演得好吗？我是不是能当演员了啊？"兴振从妈妈怀里抬起头问道。

"嗯？演员？"

兴振用力地点了点头。

"兴振刚才都感动得哭了呢。"雅莉在旁边忍不住说。

"谁让你说的！"兴振皱了皱眉头。在场的其他人都笑了出来。

"妈妈，我饿了！"兴振害羞地摸了摸肚子，耍起了脾气。

"嗯，可不是嘛。这都到晚饭时间了呢。"

"反正都出来了，不如咱们去吃顿好吃的！"

"好啊，一起去吧！"

妈妈们纷纷赞同时雅莉突然插了一句："我们去吃比萨饼吧。"

兴振听到雅莉的建议后也赞同地举起了手，他已经饿得受不了了。

银宇妈妈等大家都上车后便开车了。

"阿姨，今天将我们演的话剧拍下来了吗？"雅莉向银宇妈妈问道。

"当然。怎么啦？"

"我答应要给我爸爸看的。嘻嘻！"

银宇妈妈浅浅地笑了笑，说："是啊，你们今天演得太棒了。你爸爸看了肯定会高兴的。"

雅莉听到大人们的称赞，高兴得简直合不拢嘴了。

"啊，要是能再演一次话剧就好了！"

"我也这么想！"兴振也期待地说道。

为集中精力做好时间上的保证

早晨——规律的生活习惯对提高专注力有很大的帮助。所以，大家一定要养成早上按时起床的习惯。还有，一定要吃早饭。这样会使大脑更加灵活地运转，对学习会有很大的帮助。

白天——请将学习时间和玩耍时间分开。如果学习时间和玩耍时间混在一起，那么学习就不会很有效率。因为，不必要的刺激会妨碍大家集中精神。

晚上——保证充足的睡眠是很重要的。每个人的体质不一样，所以需要的睡眠时间也是不一样的。如果不能保证充足的睡眠，那不能集中注意力便是很难避免的事情了。

集中，我需要集中注意力

这叫"杂念本"。

在上面写下杂念时就像头脑中有了一个橡皮擦似的，

写完之后再学习，就会更加集中精神了。

转眼间发表会已经过去一周了，同学们却依旧沉浸在当时的气氛中无法自拔。老师站在讲台上看着闹哄哄的同学们，摇了摇头。

"同学们，快要期末考试了。大家应该没忘吧？"

霎时，同学们安静了下来。老师没忍住，"扑哧"一声笑了出来。同学们则满脸埋怨地看着老师。

"所以大家要开始好好学习了，知道了吗？"

老师努力控制住想要笑的情绪，认真地对大家说道。

"知道了。"大家都无精打采地回答老师。

"那大家打开课本开始学习吧！"

老师将今天要学的内容写在了黑板上。雅莉看着老师的背影叹了口气，转过头看着窗外。

"啊，真想去踢球啊！"

雅莉打了一个长长的哈欠。她感觉越来越困了，老师的讲课声也飘得越来越远。刚下课，雅莉就趴在了课桌上。当她睡意正浓时，突然有人晃了晃她的肩膀。雅莉艰难地睁开了眼睛，原来是银宇。

"怎么了？"雅莉揉着眼睛问道。

"雅莉，没过多久就要考试了。你要不要来我家跟我一起学习啊？"

"学习？"

银宇看到雅莉皱了皱眉头，便立刻安慰道："一起学习会更有趣的。我妈妈也说，你来的话会给你做好吃的呢。"

居然能跟银宇一起学习！雅莉虽然心里很不情愿，但是嘴上什么也没说，只是笑了笑。

"一会儿放学了就直接去我家吧，我还邀请了兴

131

振呢！"

"嗯，知道了！"

雅莉叹了一口气，发表会才刚过没几天，就又要学习了，真让人心烦！

像往常一样，上课的时间过得很慢。雅莉不满地看着时钟，心里期盼着能快点儿下课。放学的铃声刚响，银宇就立即从座位上起身，朝着兴振和雅莉走了过来。

"走吧！我妈妈等着你们呢。"银宇高兴地说道。

"你们来了啊，快进来吧！"

银宇妈妈高兴地迎了出来。房间里飘着香味，雅莉和兴振不断地抽着鼻子，肆意地闻着。

"阿姨怕你们饿了，就先做了炒打糕条。你们吃完了再去学习吧。"

雅莉和兴振早就饿了，他们将书包放在了银宇的房间，便和银宇一起坐到了饭桌前。不一会儿，满满一大碗打糕条就被吃得见底儿了。三个人里面，就数兴振吃得最多了，他撑得靠在椅子上，连连抚摸着肚子。

"吃完了，现在一起去学习吧！"

银宇从座位上起身，雅莉和兴振也慢吞吞地起身，跟着银宇走进了房间。

"咱们就在这学习好了。兴振，你讨厌的学科是什么？咱们有的是时间，今天就从最讨厌的学科开始学吧。"

兴振听到银宇的话，立刻皱起了眉头。

"我讨厌数学。一切关于数字的东西都太麻烦了。"兴振说。

"那雅莉呢？"

"语文。我不管念了多少遍文章，到最后依然记不住里头讲的是什么。"

银宇听到俩人的回答后，从书包里拿出数学课本和语文课本。然后，他将数学课本递给了兴振，语文课本则递给了雅莉。俩人接到课本后都皱了皱眉头。

"大家一起学习应该会更容易的，我们可以互相鼓励。"

银宇温柔地笑了笑。兴振和雅莉虽然点了点头，但是表情依然不太情愿。

"好了，咱们一起好好学习吧。"

说完，银宇便拿起笔开始边做笔记边学习了。雅莉和兴振虽然还是不喜欢学习令他们讨厌的学科，但俩人也学着银宇的样子低下头学了起来。可是，没过多久他们便厌倦了。

雅莉抬起头看了看兴振，兴振正坐着打瞌睡。雅莉一打算看书，脑海中便浮现出自己喜欢的足球运

动员的样子。正当雅莉伸懒腰打哈欠时，银宇抬头扫了他俩一眼，雅莉偷偷地推了推兴振。银宇看不下去了，起身从书架上拿过来一个笔记本。雅莉看了眼他手中的笔记本，问道："那是什么？"

"这叫'杂念本'。"

兴振和雅莉疑惑地歪了歪脑袋。这时，银宇将本子翻开，递给了兴振和雅莉，两人便开始一页一页地看了起来。本子的最上面写着日期和那天正在做的事情，下面写着一堆诸如"哥哥怎么不带我，一个人去玩了啊""快要考试了啊，怎么办"等类似自言自语的话。两个人看了半天，更迷茫了。

"这是什么？为什么要给我们看这个？"

"你们也做一个这样的本子吧，先将日期和正在做的事情写在这里。"

"嗯，知道了。"雅莉快速地回答道。

"下面则写一些学习时的杂念，脑海中那些乱七八糟的想法都可以写在这里。"

银宇继续说道。兴振和雅莉听到后惊讶得说不出话了。

"原来银宇学习时也会有杂念啊。可是这样做有用吗？"兴振眨着眼睛问道。

"这个方法是我哥哥教我的。如果我在学习时有杂念，就会统统写在这里，这样可以边写边整理自己的思绪。"

"真的吗？"雅莉和兴振瞪大了双眼，疑惑地问。

"嗯，这样做就像头脑中有了一个橡皮擦似的，写完之后再学习，就会更加集中精神了。"

"就是说在有杂念时将这些杂念写在本子上就可以更好地集中精神学习，是这个意思吧？"雅莉兴奋地说，"知道了，我回家就做一个杂念本！"

兴振听了雅莉的话，虽然没说什么，但心里也想赶快回家做一个。

"嘻嘻，咱们先做完现在的功课再说。"

因为把这个好方法教给了雅莉和兴振，银宇心里高兴得不得了。

兴振和雅莉趁天黑前回家了。雅莉回到家后，顾不上跟妈妈打招呼便进了房间，她好想快点儿做一个自己的杂念本。她想用银宇教的方法努力学习，得到好成绩。

雅莉从书架上拿了一个笔记本，又将刚刚在银宇家没看完的语文课本拿了出来。过了大约三十分钟，雅莉第一次从书上移开目光，在杂念本上写了一句话："好想去运动啊。"

雅莉闭上眼睛，想象着自己在操场上尽情地奔跑。她做了几次深呼吸，沉下心后看了一眼杂念本，又写下几句话。

"想去跟同学们踢球。"

"不要再想了！"

雅莉静下心后，又看起了课本。她这么看了一会儿，抬头看了看时钟。

"嗯？已经这么晚了啊？"

雅莉难以置信地揉了揉眼睛，再次看了看时钟。今天连妈妈都没有唠叨，自己就学习到了十一点。天啊！她一点儿都不敢相信时间竟然会过得这么快。

"雅莉，还不睡觉吗？"这时，妈妈正好推开房门走了进来。当她看到直到现在还坐在书桌前的雅莉时，很是惊讶。

"雅莉从回家一直学到现在吗？"

"嗯。"雅莉含糊地回答着妈妈，低下头看着杂念本。

"真的吗？我们雅莉太棒了。"

妈妈伸出了大拇指。雅莉将课本合上，从椅子上起身了。

"我要睡觉了。"

"好，快点儿睡吧。"

妈妈为雅莉盖上了被子，雅莉嘻嘻地笑着，回想起刚才一直学习的事情。

"如果能一直坚持下去，我肯定也能做好某件事的。"

想到这里，雅莉的心情一下变得很好，没过一会儿便进入了梦乡。

另一边，兴振回家后也急急忙忙地跑进房间，妈妈追在他身后进了房间。

"听说和银宇一起学习了啊？银宇妈妈刚才打电话过来了。

"兴振，在做什么呢？妈妈有话对你说。"

兴振回头看了看妈妈，妈妈的表情有点儿不对劲。

"怎么啦，妈妈？"

"等兴振开学咱们就回首尔了。爸爸要从美国回来了。爸爸说工作很顺利，以后可以一直待在首尔。"

兴振愣住了，什么话都没说，只是眨着眼睛。

"怎么啦？兴振难道不高兴吗？"

兴振的表情越来越难看了。虽然能看到爸爸让他很高兴，但是他已经不想回首尔了。好不容易才适应了新学校，刚刚交到朋友就又要走了。

"可不可以跟爸爸一起在这儿生活啊？"兴振小声地说道。

"为什么？"

"我不想跟银宇和雅莉分开。"

妈妈愧疚地对兴振说道："妈妈也理解兴振的心思。可是就算回首尔了，兴振也可以和银宇还有雅莉继续联系啊，而且以前的朋友们也在等兴振呢。"

兴振听着妈妈的安慰，却一点儿都高兴不起来，他需要一些时间自己好好想一想。这时，妈妈走出了房间。兴振的脑海中闪过了银宇和雅莉的身影。兴振回忆起了和他俩一起做过的事情，跟银宇一起去农场体验生活的事，还有为了进一步了解角色与雅莉互相帮助的事……

"真不想和他们分开啊！"

兴振想着想着，不一会儿便哭了出来。

离考试还有一周的时间。兴振无精打采地趴在课桌上，他最近对任何事情都提不起兴趣。

"你到底怎么了啊？"银宇担心地望着兴振。

"没事。"兴振轻声地回答。

"哪儿不舒服吗？"

兴振无力地摇了摇头。他看了一眼银宇和雅莉，觉得现在还不应该跟他们说转学的事情，他苦恼着要什么时候说才好。

"哎，你是不是又不想学习了？"

雅莉无奈地叹了口气，问道。兴振现在一点儿都不想搭理雅莉。

"别担心，这次考试会顺利的。我们演话剧时不也做得很好吗？"

雅莉用和平常一样爽朗的声音安慰着兴振，兴振沮丧地看着雅莉的背影。他想，今天还是说不出口啊。

放学后，兴振慢慢地从座位上起身，走出了教室。不一会儿银宇和雅莉也跟了上来。

"你到底怎么了啊？"银宇问。

"不是跟你说了吗？兴振一看就是不想学习才这样的。"雅莉插了一句。

"真的吗？那就不用太担心了！越担心越烦恼。"

兴振没说话，只是点了点头。

在第一个路口送走银宇后，雅莉和兴振一起朝着家的方向走去。不管雅莉说什么，兴振都是一副不感兴趣的表情。

"难道兴振真的有什么事情瞒着我们？"

雅莉真的为兴振感到担忧了。

回到家后，雅莉一直在想兴振的事情，她跟妈妈打了声招呼，径直走进了房间，从书包里将课本和杂念本拿了出来。这时，妈妈端着洗好的水果进来，看到雅莉若有所思的样子便又悄悄地出去了。雅莉看书的时候脑海中总会浮现出兴振的模样。她低头看着杂念本，开始写起来。

"兴振最近都不笑了。真为他担心。难道真是因为不愿意学习？我不知道怎么去安慰他，好烦啊！"

写着写着，雅莉实在是忍不住了，起身跑到电话机旁拨通了兴振家的电话。

"喂，你好。"不一会儿便从听筒里传出了兴振妈妈的声音。

"阿姨好！我是雅莉。兴振在家吗？"

"是雅莉啊。好久不见。兴振去山下公园了呢。"

雅莉立刻挂断电话，穿上鞋跑出去了。

"这么晚了，你去哪儿啊？"妈妈问雅莉。

"我去看看兴振，马上就回来！"

"晚饭前要回来哟。"

"好！"

雅莉朝着公园跑了起来。她跑到山下，先到了接泉水的地方，发现兴振就在这里，他正一个人奋拉着肩膀坐在椅子上。雅莉悄悄地跑过去，从背后用力地拍了兴振一下。

"啊！"兴振被吓得瞪大了眼睛，直喘粗气，连忙回过身看了一眼。

"吓死我了！"兴振抱怨道。

雅莉哈哈大笑，坐到了他身边。

"你来这儿干什么？"

"喂，那是我想问的话！"雅莉说。

兴振抢过雅莉手中的杂念本问道："你怎么把这个也拿来了？"

兴振不明就里地开始翻看起本子来。杂念本上是雅莉随意写的句子。兴振看了一会儿，抬头看了雅莉一眼。

"我想踢足球。"兴振开始一句一句认真读了起来。

"如果我能像班里的绍熙一样漂亮就好了。至少再白点儿也行啊……"

"想吃西瓜，西瓜！"

"哈哈哈。"

兴振边念着雅莉的杂念本边笑了出来。雅莉瞪了一眼兴振，说道："不是只有你不想学习，我也是坐在书桌前就不想学习，就像本子上写着的那样。"

"嗯？"

兴振抬头看了看雅莉，雅莉犹豫了一下说道："你最近一直无精打采的，是因为要考试了吧？不要太担心了，没什么的。"

兴振看到雅莉真心为自己担忧，鼻子酸酸的。

"谢谢你……"

"谢什么啊，我们照着银宇教的方法做，肯定会慢慢变好的。杂念本我在家试过了，很有用的。"

兴振心里很感激雅莉，虽然雅莉一直认为自己是不想学习才这样的。兴振重新将视线移到了本子上，看了一会儿突然发现有一段话是雅莉刚刚写下的。

"兴振最近都不笑了。真为他担心。难道真是因为不愿意学习？我不知道怎么去安慰他，好烦啊！"

兴振鼻子酸酸的，差点儿哭出来，但又不想让雅莉看见，所以将头压得很低。

"你哭了吗？"雅莉看到兴振低着头，于是问了一句。

"哎，你怎么这么容易哭啊？"雅莉有些无奈地看了看兴振。

兴振用袖子擦了擦脸上的泪水，抬起头望着雅莉："我不是因为不想学习才这样的。"

"真的吗？那是为什么啊？"

兴振抽着鼻子，不知道该不该跟雅莉说。

"我要转学了。"

"真的吗？"雅莉瞬间愣住了。

"嗯，爸爸要从美国回来了，所以我也要转回首尔的学校了。"

雅莉听到后，有些不知所措。

"真是的！你怎么现在才说啊！"雅莉愤怒地喊了出来。

"我也不想走啊！"兴振看到雅莉的反应，满脸委屈地说道。

"那你什么时候走？"

"快了。"

雅莉平时总"欺负"兴振，但一想到兴振就要走了，她也好舍不得。

"你走之前要跟我踢十次足球，听到没有！"

雅莉想好好鼓励鼓励兴振，并且在他走之前多留一些跟他在一起的回忆。

"嗯！"兴振点了点头。

兴振搬家时，雅莉和银宇来送兴振，三个人都因为要分开而难过了好久。

"兴振，马上要走了，快跟朋友们道别吧。"

兴振听到妈妈的话，心里难过起来。

"喂，金兴振！你到了首尔，可不能再像之前那样了。"雅莉喊道。

"我会经常联系你们的。"

兴振上车后，摇下窗户，向银宇和雅莉挥手道别。银宇和雅莉追着车跑了一阵子，但汽车还是载着兴振，渐渐远去了。

兴振转学后时间过得飞快，转眼大家就要毕业了。一天，银宇正在教室里思考问题，看到雅莉走进了教室。银宇很高兴，因为六年级时他和雅莉分了班，所以他们不能像之前那样经常见面了。

"银宇，你听到兴振的消息了吗？"

"消息？什么消息啊？"

"兴振说他到了首尔后参加了儿童话剧团。你看这是兴振给咱们寄来的票，咱们去看他演出吧。"

雅莉从口袋中拿出了两张话剧票。

"听说话剧会在毕业典礼当天晚上演。我妈妈说那天会送咱们去看。那天在家等我吧，我们去接你。"

"啊，真的吗？知道了，应该会很有趣呢。"

银宇立刻点了点头。雅莉跟银宇说完后便跑向了操场，她今天还有足球队的训练。

毕业典礼那天终于到来了。同学们穿着整齐的校服，胸口佩戴着校徽，别提有多骄傲与自豪了。银宇和雅莉因为学习成绩优异、运动能力突出，当选了优秀毕业生。两个人看着自己今天所取得的成绩，都不由自主地想起了兴振，想起大家共同努力的日子。

毕业典礼刚结束，银宇和雅莉便急忙赶去看兴振的演出。

"我是世界之王，我无所畏惧！"

兴振刚登上舞台就听到了观众们雷鸣般的掌声。但此时的兴振，已经不再是当初那个一想到要上台表演就十分紧张的青涩男孩了。他镇定自若地调控着自己的情绪，传神地表演着角色，简直有点儿职业演员的样子了。

银宇和雅莉看到兴振在台上的表演，非常激动。而兴振也趁表演的间隙，朝两个人拼命地眨着眼睛。大家都已经长成小大人了呢！

三个好朋友感慨着各自的成长，同时也感到有些东西正在自己内心中涌动着，其中既有愈发成熟的友情，还有实现梦想的激情与决心。

增强专注力可以通过训练达成

接下来，介绍四种可以增强专注力的方法，给大家做参考：

一、游戏法：在一张有25个小方格的表中，将1—25的数字打乱顺序，填写在里面，然后以最快的速度从1数到25，要边读边指。7—8岁儿童做这种训练的时间大约是40—42秒，成年人的时间大约是25—30秒。

二、习题法：采用掐点快速做习题的办法，可以提高自己的专注力。

三、抗干扰法：有意选择在嘈杂的地方读书、看报，训练自己排除环境干扰的能力。

四、手到口到法：读书时一边写笔记、划重点，一边念出声音，有助于集中精神。如果课堂上不允许发出声音，在心里默读效果也是一样的。

五、凝视法：用双眼长时间地看某一样东西，如窗外的树枝、手头的铅笔等。这样可以让人的心思变得纯净，从而达到增强专注力的目的。